王蒙

著

前

从

的

恋

初

作家出版社

王 蒙

一九三四年出生在北京，一岁到四岁在老家河北南皮农村，小学上了五年，跳班上了中学，差五天满十四岁时加入了还处于地下状态的中国共产党。高中一年级辍学，当了新民主主义青年团（后改名共产主义青年团）干部。一九五三年开始写《青春万岁》，一九五六年发表的《组织部新来的青年人》引起了大响动。一九六三年到新疆，曾任伊宁县红旗人民公社副大队长。后来还担任过中华人民共和国文化部长等。

二〇一九年获得"人民艺术家"国家荣誉称号,出版五十卷文集。此前获得过茅盾文学奖、意大利蒙德罗国际文学奖、日本创价学会和平与文化奖，俄罗斯科学院远东研究所荣誉博士、澳门大学博士、日本樱美林大学博士、约旦作家协会名誉会员等称号。

出访过境外五大洲七十多个国家与地区。

屡拔先筹，屡有曲折，逢凶化吉，遇难成祥，惭愧厚爱，自称要干的事太多，顾不上斤斤计较。人说高龄少年，嘛也没耽误。

创作《初恋》《组织部来了个年轻人》《青春万岁》时期的王蒙

《从前的初恋》，

它是我的纪念和从前，

直至今日……

《组织部来了个年轻人》，

它是我的情书，

给所有我爱的与爱我的人。

目　录

从 前 的 初 恋

组 织 部 来 了 个 年 轻 人

□ □ □ □ **从前的初恋** □ □ □ □

缘 起

从前，有这么两个孩子，一个是男孩儿，一个是女孩子。

他们是唱着"我们的青春像火焰般地鲜红，燃烧在布满荆棘的原野，我们的青春像海燕般地英勇，飞翔在暴风雨中的天空"长大的。

他们也都曾唱着"兄弟们向太阳向自由，向那光明的路"向着高压水枪与刺刀冲锋。

从前，就是说七十多年以前了，一次，曾经，仍然，最初的，爱。

后来，他，也就是我，找到了曾经写下的这一段故事，稿纸已经变黄、变脆，文字依旧完好。

二十世纪五十年代，文具店的蘸水钢笔、稿纸、骆驼牌与北京牌墨水，还有少年王蒙的写作，经受了相当长期的考验。倏忽一别，六十六年。

为它写下三首七律诗：

往事深情恋逝川，稚文六十六年前。钟声荡漾黄昏夜，口号高扬碧落天。一笑一颦全历历，初肠初意俱端端。少年挥洒多雄论，鲐背[1]重温更俨然。

陈迹苍茫两万[2]天，关山踏遍人翩翩。初温犹热暖米寿，往事无常思百年。感遇柔情称进取，应无俗态益欣欢。屈指九旬读少作，一词一字亦涟涟。

一切悉熟自在身，少年英气正纯真。青春万岁犹回味，组织新人继沉吟。往事如歌声未老，今宵说梦语何亲！为有文学多记忆，风风雨雨砺初心。

但想不起写作的确切时间。应是一九五六年稿吧，根据是一九五六年一月全国主要出版物由竖排改为横排，而作者书写使用的是那一年市场开始提供的大张单面横写 500 字型格纸，此前的稿纸都

---

① 鲐背：泛指长寿老人。鲐背之年是古人九十岁的别称。
② 两万余昼夜，指六十六年的时间。

是折叠双面竖写小张的。这一年公布了首批简化汉字，文稿上写的却是大量不规范的民间简体字。

如果确是一九五六年，那么有趣之处在于，它与同年的《组织部来了个年轻人》，互通互生互补互证同胎同孕异趣。

给过一家刊物，回答是"不拟用"，退还。然后六十六个春秋来去，从北京西四北三条（报子胡同）、北新桥到乌鲁木齐南门、团结路，到伊宁市解放路、新华西路，到北京前三门、北小街、奥森公园……经过了"日月推移时差多，寒温易貌越千河"（引自旧作）的迁移，许多东西都丢失了与淘汰了，此旧稿却完整地、寂然冷然地保存着，坚守着，与我为伴，我再没有翻起过它。它与我共度了两万多个不平凡的日夜，比我本人更静谧、耐磨、沉得住气。

它是我的纪念和从前，直至今日。

至于文稿内容，写的是七十多年前的事。七十年后心血来潮，打开，热气与稚气腾腾。它是往事，是昨天，比昨天远，但比前天近。仍然保留着笑容、多情、歌曲、好梦，包括"最宝贵的"

（一九七九年我的复出小说的题名），包括一条条大义凛然，永生永世，天地人心，必须、笃定、坚决、当然。

我尽量少动原文，原汁原味。日记体，是因为一九五六年前五六年，我确实坚持写过详尽的日记。此后小说写多了，公务事务也大增了，日记基本失守失踪失忆，写也不成样子了。小说与公务事务，对于日记，是推动也是妨碍。不太忙也不太不忙的人可以试着写点小说，不然就写点日记手记，留点印迹。

到了一九五六年，写作此稿时，参考了抄录了移用了几年来的"非虚构"日记，包括某些日子的天气标记，应该都是有根据的。从前的真实日记，写在三十二开横线笔记本上。在《组织部……》轩然大波之时，我写下了孪生的《初恋》。

往事如烟？非烟？那么请问：你是谁？你是不是文学地写了下来？你生活得很急很热，你写得很动情很火，晾了一点一个甲子，它仍然乒乒乓乓欢蹦乱跳。文章何处哭秋风（李贺）？如火如荼势如虹，且掬黄河泼大墨，文心文气岂雕虫！

1951 年 12 月 23 日　星期日

再有一个星期，光荣的、伟大的、深沉的一九五一年就要过去了，时间如飞，小心自己不要落在时间的后面啊。

到了冬天，到了新年，我就想起雪，白白的、可爱的雪，雪使世界庄严而纯洁。今年寒冷偏偏来得晚，一场正经的雪还没下呢。

一九五二年我就年满十八岁了，的确，年龄自有它的真理，我从来没有像现在这样地感觉到，我已经大了，我已经是一个年轻力壮的小伙子，我有多少力量、又有多少幻想啊。

从前我为自己年龄太小而羞耻，好像一株小树，没有发育好，就生长到伸展到风暴里去了，结果年龄，嗯哪，妨碍了我的工作，这样一说，我觉得自己不免失笑于众。众精灵、老干部，革命与战争培育出来的精明与犀利的一代，他们怀疑地打量我并且信且疑地询问我的岁数，当别人窃窃私语"团区委来了一个小娃娃"的时候，当我不能参加某些正式党员的会议的时候——我入党三年多了，岁数不够，还没有从候补党员转正，我总羞愧于自己为什么小，如果大一点，就更可以有所作为了。

现在呢，不再想这些，没有人怀疑我不是二十多岁。区委书记老伴，办公室的老田大姐，从一开始一直称呼我为"老刘同志"，工作里，我已经显示了一点点沉着与老练。本来嘛，成为脱产干部已经三年了。

环顾四周，朋友、亲人们，也已经有了许多变化。爸爸和妈妈离婚了，这很好，也很不容易，结束了旧社会遗留下来的几十年的残酷和痛苦的变态，固然还有尾巴。最近几个月，我首次在家里感觉到了平静和幸福。姐姐从学校出来，走上了工作岗位，她变得沉稳而且严肃。上次她批评我不该对一些不那么重要的事情兴奋与入迷：滑冰、小说、唱歌、欣赏风景……说话也不应该动不动夸张激动。她提出要把更多的精力集中到工作和学习中，对极了。她还告诉我，她已经有了一个男性好朋友了。

过去我觉得，她虽然比我大一岁半，可是我帮助她在政治上"进步"起来的，而最近，我越来越感觉到，许多地方，是我需要向她学习了。

还有学校里的一些同志，中学的团总支干部们，我与他们的亲密，超过了与本机关的同事们。说实话，他们身上的担子够重的。一个中学生，每天七节课，团区委给他们布置了繁重的任务。就说两次军事干部学校招生吧，他们下了课后与校长们一起做新生审查工作，同学们对他们的要求又特别高，一次早操缺席，同学们就会说他们是"带头作用不够"。结果呢，一个学期结束了，他们的考试成绩比一般同学还要强，甚至于，他们学会的新歌与集体舞、新诗与新知识，即使是读报，也比其他同学们读得更多。

市委领导彭真同志说了，大讲学生党员干部的负担如何如何繁重，是没有意义的，前所未有的繁重任务，你靠谁去呢？只有一个办法，要吃点苦，必须加油努力。

市委领导的指示让新民主主义青年团的干部惭愧而又振奋。

我常常回忆今年年初参与的中学生党员积极分子培训班的情形，这些孩子们自我检查起来，比谁都沉痛，眼泪会在检讨会上流下。不，这是保尔·柯察金式的对自己的苛刻与无情。他们如果发现自己身上有一些不利于党的缺陷，会万分地痛苦。高兴的是，培训班结束后，他们一一地入党了。小李还送我一本"革命日记"，其实是我应该送他们一点什么纪念品的。我也怀念参军上了干部学校的同志们，前天，收到建群的信，他们马上要开赴朝鲜前线了。而省立高中的地下党第一支部书记，参军以后立即保送到沈阳的空军学校，他将驾驶着战鹰在蓝天白云中万里飞翔，与敌人短兵相接，瞬时胜负存亡生死。我羡慕他们，也祝福他们。

我们这里的张昌，常常嬉皮笑脸地叫他们"小干部"，我不喜欢。老有老的伟大，小有小的庄严，不容亵渎，不容轻薄。

我自己呢，不知道从哪里说起。我们的书记黎银波近来几次颇有深意地对我说："你很不错，你真的大了……"可以想象，比我大十七岁，抗日战争前"一二·九"时期就参加了地下党的她，对于火爆的小人儿刘夏有多少期待。

一年当中有多半年我参加全区的一揽子中心任

务，没有更多的时间取得她的理解与指导。但是她的敏锐与友情，她对旁人的观察深度，使我相信她永远了解着关注着指引着我。

我爱一揽子的突击任务、中心任务，它像火焰一样地把干部把群众燃烧起来，平常想做而没有做成的事情，一下子就做成了。

我也怕这一类工作，一开动，我就必须连基层的党支部带团支部一起抓。有个别党支部的老爷故意与我这个毛孩子找麻烦。"立仁"厂的支部书记不执行区委的指示，我与他吵了一架，我很难过，虽然区委领导支持了我，我仍然长久地不安。我们毕竟是团结起来到明天的最后斗争中的战士，英特纳雄耐尔，等待着我们一道去实现。

……朝天每日地开会、写材料、谈话、听报告、读文件，但是一年过去，我好像更爱玩了。对不起，正是玩——让我真切感动地体会到，我们用双手正在建立着的新生活的幸福。有时候周六晚上开了一晚上会，我仍然愿意会后用十分钟走到近处新盖好的电影院的门口看看。美艳的灯光照耀着鲜明的影片广告图片，图片上的中苏影星与散场后走出来的欢喜的人群，脸上仍然停留着关注、沉醉、迷恋与感动，我分享他们的兴奋与满足。我觉得如此轻松快活，生活中给我们的不仅是压弯脊的任务加任务。我还爱音乐，一唱起歌来就进入了一个远远更伟大与悲壮的殿堂，更辽阔与深沉的世界。

"我们生在美丽的祖国原野，我们生在劳动战斗的地方……"

这是《人民日报》上刊载的歌颂斯大林的歌。我喜欢这两句歌词的情调。

（插话：后来不喜欢斯大林了，一直喜欢从前歌颂斯大林的歌曲旋律与歌词。）

这一年，我看了许多小说，普希金的诗，巴甫连科的《幸福》，法捷耶夫的《青年近卫军》。也许我还不能够充分理解它们，但我是忠实的，我爱书，我要按照书本来做。我坚信生活应该像书上写的那样美好，那样崇高而且纯洁。如果还没有完全一样的美好纯洁，那就正是对于革命与日常工作的期待。我不满足自己，我想的是对自己的全盘重塑和推进，我要的是近卫军队长奥列格，队员万尼亚、邬丽娅，和《幸福》里的伏罗巴耶夫式的人格、品性、美好与圣洁的精神世界。

天啊，我写了那么多，每天记日记，记得多，做得不够。

我必须结束日记了，我还要赶写原教会学校现第九中学教徒们对于教会自传、自立、自养三自革新运动的反映材料。

后来想到了的是

　　革命高潮的特点之一是革命群众革命志士的年轻化、低龄化，咸与革命，不分老幼。影片《小兵张嘎》《红孩子》《闪闪的红星》，演唱、歌剧、连环画等艺术形式中表现的《刘胡兰》《鸡毛信》《王二小》，已经脍炙人口。同时党在国民党统治区的中学里也发展建立了地下组织，包括一个学校的数个平行党支部与党的外围组织"民主青年联盟""民主青年同盟""中国青年激进社"。为了迷惑敌人，隐蔽自己，故意弄出了些翻新的花样。但地下革命组织力量的分布是不均衡的，有的学校革命力量雄厚，如北京的河北高中，从"一二·九"运动时期就有了不容小觑的革命力量。有的学校反动政治背景强大，如军阀政客张荫梧担任过校长的北平四存中学，还有洋教会学校、专业学校，基本上没有革命力量的种子。再有就是，学校中、学生中的地下党员，远远多于老师中的地下党员。

北平是和平解放的，最初一两年，各校大体由原班人马留守管理，同时，在各校积极建党建团，起初也是学生中的团组织建立与发展更迅速。青年喜革命，革命育青年，三番五次后，青春燃火焰！这样，该时期的中学，大量党的任务，很大程度上通过各级团委团总支团支部代为至少是配合协助进行。中学生参军、参干，南下到新解放区，一直到参加五一、七一、建国各种纪念庆祝大典活动，中学师生这一群体的组织工作，许多是由团委系统运作的，直至此后逐渐向各校派遣了领导干部，改造了原来的中学格局，取消了私立、教会学校，实现了从男女分校到男女合校的转变，中等学校党政系统健全有力了，上述模式，乃告结束。

1952 年 1 月 2 日　周三　晴

有七个学校送来了自制请柬，请我去参加他们的除夕晚会，结果没有去成，那天晚上，区委书记召集全体干部，传达区各界代表会议^①决议，中心是反贪污的问题。

今天报纸上刊登了毛主席在中央人民政府新年团拜会上的讲话，毛主席特别强调：现在开辟了一条新的战线——"反对贪污、反对浪费、反对官僚主义"的战线。

新的一年是在紧锣密鼓的备战气氛中来到的。

1952 年 1 月 31 日 周四 晴 风

我又被抽调到区节约检查工作组，与区委组织部、宣传部的联系学校支部的同志一起，抓本区中、小学的"三反"运动。

今天晚上，我受命去旁听了男二中节约检查委员会^②负责人与查办重点人物廉维仁的谈话。廉是留用旧总务主任，有名的"三只手"，几天来检查账目中发现疑点四十余处，说是竟有购买坤袜的发

---

① 在全国尚未建立正规的各级人民代表大会与政协会议的时候，有些地区先期举行了各界代表会议，履行人民议政参政职能。
② 在用搞运动的方式推动社会改革时，各单位会成立临时的领导机构，其用意包含了让原有的领导成员接受运动的临时班子领导，发动群众对他们进行检查考验。

票混在体育用品支出项目中。他们的谈话进行了四个小时。廉维仁谈笑风生，若无其事，后来进入具体账目质疑，他竟然装聋作哑地推托什么"年老昏聩"。我实在忍不住想插几句嘴，揭露一下，想起了领导的叮嘱，贪污浪费发生在我们机构的内部，开始揭盖子恰如京剧《三岔口》，几只手在黑暗中摸索攻防试探发力，作为区委干部，要从倾听各方、观察分析、调查研究做起，切不可主观印象，轻易有所倾向表态。而我的在场，我的全无表情，我的认真记录，我的莫测高深，已经是推动运动进展与获胜的一个因素了。

参加完这次谈话，夜里十一点半，接着参加了校节委会碰头汇报，直搞到次日一点多。

从学校出来，迎面大风，街灯吹得抖抖颤颤，明明灭灭，沙石打脸堵嘴，我穿着的旧军大衣一吹即透，前胸冰凉，这才想起，没吃晚饭，饿呀，嘴一动，吞进去的是大口冷气。更蹬不动自行车了，只好下车推着走，瑟缩地弯腰，把上身弯到车把上，一步步地艰难移动。

街上稀稀拉拉地走过一些人，他们竖直拉紧

了大衣领子，用手捂着嘴说话，随风送来一些声音，好像也是在说什么"老虎""坦白""攻守同盟""斗争会"。中华人民共和国成立两年三个多月，毛主席屡次敲响了贪污腐化、脱离群众、蜕化变质、重蹈覆辙的警钟。一九五二年一月，全国五亿多人口，有一亿在反贪污。

有的商店仍然灯火通明，隐约听见人声嘈杂，门口停着汽车，是叫违法资本家胆寒的工商检查组乘坐的。这边的运动叫"五反"："反行贿、反偷税漏税、反盗骗国家财产、反偷工减料、反盗窃国家经济情报"。我们那边的"三反"，则是"反贪污、反浪费、反官僚主义"。两大战场，相呼应，相配合，相促进，连成一片，惊天动地。

古老的封建社会，贪污中饱已经是千年万人痼疾，看来是有一拼。

大风里我默默地向同道的同志们致敬，我们是友邻部队。我也默默地想念朝鲜前线的同志，向吕建群小鬼致敬，他们会比我们艰苦得多。

于是我的冻饿似乎给了我一点安慰，我并没有在五十年代的艰苦奋斗中只知享受北京的舒服日子。我有了劲，把自行车推进了区委会。

回到我的办公桌前，桌上有同志们给我留下的馒头与熬白菜。碗底下压着一张纸条，上写"你母亲来电话，说你好久没有回过家了"。老天，我是该看望老娘亲啦。

饭菜已经冰凉，办公室的炉火，剩下星星余温，我拿起饭菜走到廊子上，看到秘书室里开着明晃晃的灯，便走了过去。

秘书室里生着一个特大号日式"新民炉"，我将拿过来的菜碗放到炉盘上，把馒头烤在炉边，拉过一把椅子，坐下，唏嘘着烤手。区节委会秘书室的同志还没有睡，与我聊天。身上的寒气渐渐消失在懒人的暖意里，哈欠于是连连袭来。这时我听见一声快乐的孩子气的叫喊：

"刘夏同志！"

我揉揉眼睛，转过头，从大文件柜后面看到了一个女学生，她个子不是很高，我看到了她的天真的目光、浅浅的酒窝、永远的笑容，和最能表现出她的良善、朴素、稚气与纯洁的上唇微凸的紧兜着的小嘴。我认出了这是女六中高中一年级的党员，学生会主席凌蕊园。她的略显肥大的供给制干部通用的所谓苏式系带"列宁服",并不能遮蔽她的活泼伶俐的身躯。她叫着我的名字,他乡遇故知般地向我伸出手,她一边笑一边急急地说:"记得我吗?认出来了吗?你怎么这样晚才过来?"

我不解地问:"你……怎么……在这里?"

她说:"区委调我来,利用寒假期间到节委办做统计员。已经搬来两天了。他们说这几天你都是早晨七点钟就走了,晚上十二点才回来。你可真忙啊!"

她说我真忙,我欢喜,除了旧中国遗留下来的垃圾废料,新中国的每一个成员,谁不是在与时间赛跑,在与时间拼命呢?

"你也忙啊,都快午夜两点了。"

"我其实没事。大家都不睡觉,我也不想睡觉。我帮着黄大姐整理简报。"说着她看到了炉盘上的菜碗,她说:"这样热怎么能热得了?"她到文件柜中拿出了她自己的白地红花的搪瓷缸子,不管我的阻止,把熬白菜倒进去,挑开炉顶中间的圆盘,把搪瓷器具放入火炉,立即,冒出了白菜的热气与香味。

不眠之夜咏叹调

这是什么样的美好？这是什么样的热潮？这是什么样的奋斗？什么样的青春，什么样的咏叹调？

每一刻钟都要推进局势，每一刹那都要争分夺秒，两三天可以完成一周计划，我们确立了方向目标！

时间、时间、时间，时间属于作为，时间属于热血，时间属于激情、理想、冲锋、奔跑，时间属于智慧，时间属于经验总结，改进，再改进，调理，也有微调，时间属于真正的、深沉的、严肃的头脑！

人类浪费了太多的岁月，阶级社会野蛮，丛林法则消耗，小农意识愚昧，历史从今夜，开始上道，生活从今晚，全新创造！幸福从今夕铺染，大楼从今晚建高！血汗哺育鲜花，口号夹杂欢笑，不眠的是从未有过的心愿，不眠的是美梦正在成真，比奇妙还奇妙，每一颗心都在发光发热燃烧跳跃！为了救中国只能拼死拼活，梦也要梦中国的伟大复兴起跑，读读《红楼梦》就知道了，寄生的懒惰的消费的麻木，只能靠铁与血的人民革命扭转面貌。

……不仅仅是七十年后的咏叹，更是七十年前的活报。我曾入迷于青年艺术剧院的建院剧目《爱国者》，我常常感动于另一篇文学叙事作品的命名：《战火中的青春》。啊，战火，啊，青春，青春在战火中光热燃烧。我也要写党委会里的青春，青春在党的拼死拼活、日理万机、开天辟地、重塑广宇中发功出力成熟欢笑。

早在写作《初恋》的同时，我尝试了话剧的写作。又入迷于契诃夫的《万尼亚舅舅》《三姊妹》与《樱桃园》的烦恼，而且我痛感生活到处提供着舞台的氛围、角色的对白、戏剧的激情、舞美的魅惑与感动的功效。我的话剧第一幕写的是加班加点的不眠之夜，办公室，紧急的汇报与通报，请示与批复，钟声响了，电话铃响了，暗藏的敌特露出了马脚。一位少年制止了阶级敌人的阴谋，天快要亮了，郊区的鸡啼传到城市，风雨如晦，五更鸡叫。又一个不眠之夜推动了生活的进展，又一个不眠之夜战胜了敌对的军统、中统、蓝衣社、CC系、中央情报局、一贯道①，还有圣母御侍团②和所有的坏蛋。七尺男儿经历了重生，生活经历了创意，国家经历了水涨船高，霞光万道。

我觉醒于革命再革命的机关，可不是等因奉此的干瘪的衙门。这里应该是何等浪漫，何等献身，何等摩顶放踵，何等呼风唤雨，何等改天换地，何等旭日东升，何等社会主义、共产主义、集体主义、大爱无疆、英特纳雄耐尔，在最后的决战斗争中，我们一夜未眠，又一夜睁大了眼睛……

我的话剧第一幕稿，曹禺老师看了，他请我到家里吃了午饭，为我的没有后文的第一幕叹气把头摇。

后来就有了组织部的故事和故事以后的故事，

---

① 一贯道：中国民间宗教之一，创立于清光绪年间，后成为反动会道门。
② 圣母御侍团：又称"圣母军"，爱尔兰天主教教友团体，属于邪教组织，新中国成立后被查禁。

延续着，再延续着，很长见识，很好了，我的文学生涯陆陆续续，突然掀起波涛。

她扶着我的椅背，解释说："都在开夜车，我也不愿意一个人去睡。"

在我们旁边打着算盘的老周指着她吓唬说："这小人儿好不听话，现在不注意养精蓄锐，等忙起来你想休息也不可能了……"

我拿起半边热半边凉的馒头就着已经烫嘴的菜吃了下去，脑中浮现了她去年暑假在初中毕业生的联欢大会上讲话的情景。她现在穿着白衬衫、灰色系带列宁服与藏蓝裙子，她的样子像是素有作报告经验的干部，她信心十足，声音洪亮，她喜欢说："这样，我们……那么，我们……"

我想起来了，这是个特殊的学生，上小学时就加入了"民联"，一进中学就入了党。一九四九年秋天，团中央根据中央的指示建立少年儿童队（后改名为少年先锋队），她担任女六中首任"少儿队"大队长，她在中山公园音乐堂全市的第一个建队大会上，在军号声中上台领到了红领巾与大队长的三道杠袖标，当场佩戴。后来当选初中部学生会主席，再后来是高中部学生会主席，再后来兼任团总支副书记，再再后来兼任党支部委员。这样的党、团、队、学生会贯通的学生干部，似乎再没有第二个人。

当然，一年后，她不兼任少年儿童队的"干部"了。

为什么要把她调到区委来呢？这里并不是适宜中学生度寒假的地方，虽然她是党员，而且我知道她比我大一岁，但是我认定她还是孩子。不，不要和我比，我不是，我没有童年，没有少年，我只有革命，再革命，革一辈子命的命。她应该在冬天与她的同学同伴一起到什刹海冰场滑冰，或者靠着火炉去读《把一切献给党》与《卓娅和舒拉的故事》，她应该参加青年宫的合唱团舞蹈队，她应该与女生们去跳房子、踢毽、抓子儿……我甚至想给区委区政府提意见，对于使用学生党员的寒假时间，要慎重。

她从我的表情上看出了点什么吗？她说："我们支部还有两个同学调到区工会参加'五反'去了，工人们发动起来，揭发老板的罪行。是我们自己要求的，我们给支部写了几次信，要求参与运动，接受阶级斗争的教育。"

我嗯哼了一下，说："该休息了。忙起来，够受的！"

她睡去了，我没有睡。我打开日记本，现在已经是三点过一分了。是的，现在，已经不是一月三十一日，而是二月一日了。日记中的许多今天，应该写作昨天了。《国际歌》里唱的是"团结起来到明天"，现在，当然就是明天。啊，明天你好！

1952 年 2 月 3 日　星期日　晴

昨天晚上，本来要在七点钟，去市委汇报，后来汇报改在九点，我"轻闲"地与小周、小李唱起歌来。我们唱影片《幸福的生活》的片尾曲——《幸福之歌》，"不在那遥远的彼岸，不在汹涌的波涛那边，我们的幸福和我们在一起，就在我们美丽的祖国"。世界上还有更好的歌词吗？

最初大家都唱第一部，后来小周唱一部，小李唱二部，我唱三部。我们的三重唱唱得很完美，每唱完一遍，就自我鼓掌。也许主要的不是歌，而是影片，是影片反映的二战后苏联哥萨克人集体农庄的生活。每唱一句，就可以联想到无数美丽的画面，联想到赛马、大西瓜，女主席毕百灵，女子群舞《红莓花儿开》……于是我们忘记了贪污分子和不法奸商，浸沉在幸福的憧憬里。这幸福对我们，好像还有点陌生，但是唱歌的时候我们觉得，再开一个夜车，再在寒风里往市委跑一个来回，等次日早晨，太阳一出来，所有的憧憬，就都会实现了。

凌蕊园胆怯地推开门，我们停止唱歌，招呼她。她说："我被你们的歌声引来了，到这儿第一次听见唱歌。"我说："其实也常唱，只是最近，没有时间。"她眼珠转了转，问："为什么你们这样忙？"小李反问："谁又不忙呢？！"我补充说："忙里偷闲，唱点歌，那是最好不过，时间充裕，老唱，又有什么意思？"她点点头，主动地说："让我跟你们一起唱吧。"

她唱了。唱得很安详，嗓子有些放不开，声音发颤，一丢丢沙哑。也许她不是个善于唱歌的姑娘，但我听了舒服，她的歌声里有内在的激情，过多的热情压迫着她，使她反倒唱不痛快，这是一种

沙瓤味儿的嗓音，听多了，不知为什么，我觉得你
会落下泪来。

　　远还没有尽兴，小周小李就走了，他们得去
基层。凌蕊园对我说："你们真好。"我问："好什
么？"她说："……又忙，又唱歌。"我说："那你别
上学了，和我们一道工作吧。"她问："你们要吗？"

　　我不明白，她说话的声音为什么这样动人，比
唱歌更好听，不是朗诵，胜似朗诵，不是话剧对
白，胜似对白。

　　后来她参观我的办公桌。看见玻璃板底下压
着的姐姐的相片，赶快把目光离开那里。她非常敏
感，不看男生珍藏的女生照片。我说："这是我姐
姐。"她一怔，大吃一惊，眼睛一眨一眨，思索着
说："她也姓刘，嗯，不，她是你妹妹。她才十九
岁。"我问："你认识她吗？"她说："当然了，五〇
年，她在高二，我在初二，我们一起参加过关于保
卫工作的学习。"我听说她认识我姐姐，挺高兴，
再告诉她："她真是我姐姐。我只比她小一岁。"她
不能理解地问："那你多大了呢？"十九减一，我难
道还要计算吗？我不好意思地说："虚岁十九岁。"

她坐到椅子上："我以为你至少二十二了，这么说，你比我还小……"

我那时脸红得很厉害，不希望再对我的岁数研究推敲下去，她却又问："你为什么那么小？"这一句问话让我的心都融化了。我吐吐舌头："这话怎么回答？"她笑了，用手指敲一下额头："我是说，你为什么这样小——做了干部、领导？"我简略地回答："需要嘛。"又用话岔开，"唱歌吧。你独唱一个吧。"

她深思着，好像没听见我的话。她托着腮，脸上突然出现了迷惑和忧郁的色彩，眉头微皱，又放开，我仿佛听见她自言自语："我真差……"

过了一会儿，她转头微笑着望向我，我再要求："唱歌吧。你独唱一个吧。"

她定了定神，答应了。

她说："我唱一个德国民歌，是讲一个童话……"于是，她用近似朗诵的歌声给我"讲"：

谁知道很古老的时候，

有雨点样多的故事。

这寂寞而幽静的莱茵河，

飘荡着清凉的晚风。

美丽而又鲜明的落霞……

我才被她的歌声吸引，她忽然停住，小声说："不，我不唱了……"我看看她，脸色不太好，我慌忙问："你不舒服吗？"她摇头。我给她倒了一杯水，她推开了。

秘书室黄大姐，隔着院落叫她的名字，她说"得干活了"，就跑出去。才走了几步，又回来，"刘夏，我想起来，能借给我一本书看吗？小说，不要太厚的。"

……今天下午难得有空，我回家了，恰恰姐姐也在。我问起凌蕊园，姐姐说："她很好。"又说："挺懂事的。"又说："她特别随和，跟谁都处得来。"又凌乱地说："她朴素，真正的朴素，无论是穿衣服，无论是说话，无论是做事情，都没有一点点矫饰……她参加革命很早，一九四七年上小学的时候就加入了民联，但她从来没有表现过自己。我很少看见这样朴素的女学生。"姐姐已经不是学生了，就用过来人的口气评论她。

我静静地听着，觉得姐姐说得很对，我希望她再多说一点，我情愿一小时一小时地听她讲凌蕊园的事情。但她没有再说。

晚上，我带弟弟去什刹海滑冰场，他是第一次去，我是第三次去。冰场真是个火热的地方，冬天是不敢进冰场去的。在灯光底下，在红红绿绿地飘扬着的围巾当中，连日睡眠不足的疲劳，被互相追赶的滑行与外刃兜圈除去了，我劲头十足地学着滑冰。跌了再爬起来，手套湿透了，汗水也湿透了内衣，人人都像火车头一样地喷着热气。弟弟学得很快，眼看就要超过我了，我觉得自己有一点笨拙。

1952 年 2 月 9 日　星期六

一星期匆忙地过去，"三反"运动进入紧张激烈的阶段。星期一，团市委给中学生团干部举办了一个报告会，由市店员工会领导章纯久讲资本家进攻的各种事实，他讲得好动人啊。今天，《人民日报》上登出了章纯久因受贿被开除党籍的消息，他原来是一只小"老虎"。所有听过他报告的人都怔了。

正像秘书室老周预言的，凌蕊园最近是"想睡觉也没有时间了"。她做统计工作，等各基层的数字报上来，再统计全区数字。基层的报上来，往往要到每晚八时以后，她连续几天都是早晨四五点才睡下。我每天晚上开会回来，总去看看她，怕打搅她的工作，就站在旁边，烤一烤火。我本来十分粗心大意，那次却"指导"了她，她复写表格的时候，只用了一个大头针——把日式美浓纸与复写纸叠起来，最多一次可以复写四到五张，复写过程中，靠下面的几张纸很容易歪斜滑动走形，我告诉她，应该两边都用大头针别死。她感谢我。

前天夜里我把一本苏联小说《少年日记》拿给她，我说："书是拿来了，怕你没有时间看。"她说有时间。

（插话：少年日记最难忘，少年心事仍牵肠，少年情节全无影，少年记忆仍堂堂。）

1952 年 2 月 10 日　星期日

今天一天没有休息。

我常想：我并不羡慕别的年轻人。甚至包括

苏联的年轻人的美好愉快生活，人应该美好，人应该愉快，又不单单是美好，不单单是愉快，人还需要艰苦，需要挑战，需要咬牙，需要坚忍，需要逢凶化吉，遇难呈祥。我没有少年时代，十一岁作为"进步关系"，即尚无组织身份的革命人，与本市地下党建立了固定联系，十四岁加入了党，不久就参加了工作。这种早熟也许是可爱的，我也曾为之骄傲称意，或者，也许是艰难的、过分的；会有各种人戳你的脊梁说这并不可取。但这已经是事实，是历史，是从前，也是后来：各有各的命，各有各的百味杂陈，各有各的得失苦乐。我什么也不换！我就是我，不是吹着口哨、哼着歌曲、梳着发型、穿着皮夹克、吃着馆子的他她你您。我愿意这样生活，从自己有思想，就全部献身在改造生活的伟大事业里边。我喜欢提前、努力、加油，预先做到旁人认为我做不到甚至是不能尝试的事情。

以后呢？将来呢？现在的世界是现在不是将来，现在的中国需要的是苦战。等生活里没有了地主、联合国军、五毒俱全的资本家与贪污分子，等中国的经济走上富裕……后来的少年们就会获得真正日益轻松的幸福与发展了。

我把这个意思讲给凌蕊园，算作对她那次问我为什么那么小的答复。她同意我的话，后来说："可是你太瘦……"

1952 年 2 月 12 日　星期二　大雪

昏昏一觉醒来，到处白得耀眼，大雪无声无息飘飞，无声无息抹去了大地上一切杂色。

早晨，骑车走过大街，雪花温存地触摸我的脸；晌午，斗争会开得正紧，雪花轻轻地敲打窗户；半夜，拖着疲惫的步子回机关，雪花清凉地挑起精神。最后我们都睡了，雪仍然下着下着，不辞辛苦，覆盖黄河长江……

1952 年 2 月 13 日　星期三　雪

早晨，起了一阵风，太阳露出头来，人们从屋里走出，眯起眼睛，紧接着阴云漫过来，雪下得更大了。

今天进行第一阶段的工作总结，节委办公室主任表扬了我，说我了解情况细致，发现问题及时，我高兴。饭后我到秘书室去看凌蕊园，她正在灯下读《少年日记》，黄大姐在一旁打毛衣，问我："来找小凌吗？"我说："不，我来找你。"她挤一下眼说："我有什么好找的。"我提出一个要问的事由，她草草回答了一句，就开始数毛衣的针数，同时比画着对我说："小凌这个同志真好，她来秘书室几天，人人都说她好，没有一个人不喜欢她。"她还要说下去，凌蕊园跑过来制止了。

凌蕊园向她问毛衣的打法，我无事可做，看看火炉里的火烧得不旺，就拿起烧火棍起劲地通火。哗啦啦，天呀，我把炉箅子捅歪斜了一点，燃烧着的红煤落到了铁盘上滚动，我非常惶恐，凌蕊园熟练地用通条棍把箅子自下而上地端起，恢复了原来的位置，又向上抬了抬，火炉转危为安。我按她的指导，添了些小块的煤。

我说："我们出去溜达溜达好不好？"她有点迟疑，我又低声请求，我说，"走吧。"

（插话：我已经想不起来了，后来许多年过去了，她说，我的那两个字"走吧"，说得非常委婉，腹腔共鸣深沉诚挚，无与伦比。

似乎一辈子，我的喉咙里再没有出现过那样动人的发声了。）

我们穿过区委大院的后花园。那边有一个小侧门。花园里新安装了一副双杠。走过那里，我突然心血来潮，我说："你不是说我太瘦了吗，可是我会练双杠啊。"于是我掸掉了双杠上的雪，在上边做了几个悬垂举腿动作，然后曲臂直臂前后悠甩起来。我极力并直腿，挺起胸，摆正姿势，避免横向摇动，尤其是从双杠上一跃而下，发挥出了我双杠运动的最佳水平。她淡淡地说："挺好的。"我也就安静下来了。

推开侧门，胡同里静悄悄，一个戴大毡帽子的老人推着一车冻柿子过来，车上点着的电石灯摇摇欲灭。我请小凌先出门，我挨着她也走了出来。我买了两个柿子。上半年我们改供给制为包干制，每月除了饭费以外我还有七块多零花钱。我把柿子给了她一个，她笑了，说："好，我拿上，回办公室再吃。"

我闻到了雪夜的一种醉人的气味，清爽而又洁净。有雪花本身的潮湿，有从人家烟囱里飘出的木柴与炭火气息，似乎也有晚饭的暖和与亲切。吃饱晚饭和为次日的早饭午餐准备好了食材的人是多么福气！还有小凌的发香，似乎混杂着颜色深红的中华药皂的香药气。我还感觉到了一种能够把所有的这些冬天的抵御寒冷的生活味道糅合起来活跃起来的类似早秋的莲荷的味道，我相信它是从天空降落下来的，只有雪天才闻得见。或者，对不起，不好意思，会不会它是从小凌的身上散出来的香气呢？啊，我脸红了，心跳了，我低下了头。

"你在……"她可能觉得我有点不对劲，她有点奇怪。

"下雪的晚上，有一种芳香，在我们身边。"我说。她没有出声。

"你疲累了吗？你好像不太想说话了。要不我们回去？"

她摇摇头说："今天接到了电话，我叔叔被开除党籍了。"

什么？我本来应该大吃一惊，但是在运动的高潮里，听到点事情，我没有大惊小怪。发生了任何事情也许都不足为奇，你只消弄清，它是怎么发生的，为什么发生的，往下该怎么样发展。

过了会儿她告诉我，她叔叔在上海工作。叔叔原来是新四军的干部，他们的联系有限，然而她的上学，她的一家走向革命，她从小学时代就加入了党的外围组织，这一切都决定于叔叔的存在、叔叔的信仰、叔叔的言说。她说："我一直认为，他是最好的、最了不起的人物，他对我特别好，那个德国歌也是他教给我的……那时我觉得，一个共产党员，几乎就足以拯救与改变大半个世界。然而，世界的改变不是一劳永逸的，改好了，如果不注意，也许又变回来。前一个月已经听说他在'三反'运动里暴露了问题，我很苦恼，现在，现在说是查出来了，他……贪污了抗美援朝的捐款……"她说不下去了。

我们都皱起了眉。她难过地问："这是可能的吗？他原来那么好，后来，那么坏了。他曾经在我的日记本上题词，他题写的是：百炼成钢，学习刘胡兰、赵一曼、罗莎·卢森堡、卓娅。他是这样题写的呀！"

我没有说话，我知道用不着对她讲阶级斗争

的规律、与腐败分子的界限；我也不想说，现在正是政治运动如火如荼的高潮当中，而一个人犯了错误，到底问题有多么严重，现有的揭发材料是不是全靠得住，这需要到运动后期慢慢做出冷处理。她的话也触动了我的心，有些人，有些事情，让我心头流血。幸福的暖心的生活里，也有冷水浇头与针刺心窝。

我们一起缓缓走到胡同口，看到路灯下面打冰出溜的孩子，凌蕊园想往回走了，我的目光扫过滑倒在冰上的孩子。我说："人人都在成长变化，有的人会变好，有的人会变得不太好，还有人会变坏。屈原的诗说：'何昔日之芳草兮，今直为此萧艾也？岂其有他故兮，莫好修之害也。'——从前的香草，变成了后来的臭草，谁让他们不注意自己的修养呢？我们也不能放松自身，不能学坏人坏样子……

"芳草，经过了各种风雨云雾、虫灾蝗害，能保持住少年时期的纯洁与忠诚？这并不是一件容易的事情。'三反'运动让我们懂了许多，不要以为革命的道路笔直平滑，不要以为明朗的天空下边没有阴暗的坑洼。"

她站住了，睁大了眼睛，看着我，她的两眼上蒙着一层悲哀的光泽，她激动地说："刘夏，你说说，我能吗？我能永远保持你说的那种纯洁和忠诚吗？"然后她咬紧嘴唇，转过脸去。

这时，我才知道她叔叔的事对于她的刺激有多么大，甚至于也可以说是打击有多么沉重。我站立在她的对面，看着她，紧握住她的手，我说："你怎么了，你怎么会这样提出问题？我们有一颗真正的共产党员的心，我们什么都不怕。如果有缺点错误，就一定能够改正。生活中的一切曲折，比如你叔叔的情况，考验我们，教育我们，冶炼我们。我们更有经验，也有决心，迎接一切风浪。你的叔叔，就是你的叔叔嘛，他做的事他负责。如果他确实是对不起党，对不起人民，对不起妻子儿女后人，我们要从他的身上吸取教训……但是你无论如何，仍然要等一等，看一看。"

她慢慢听着，呼吸，吐出的气凝聚成一朵朵的白雾，她想说话没有说，向前走。登上区委会大门的石阶，她用一部分手指握了一下我的手，她说："谢谢。"

我们走进院落，她要回秘书室，我要到团区委。我向她挥手说"再见"，在雪花中感到了从未有过的温暖，也有些微的忧患。党内查出了贪污分子，这不奇怪，为什么是纯洁的凌蕊园的叔叔呢？我其实也别扭。我没有注意到黎银波同志正在我们的办公室门口注视着我们，我走过去，她说："都在一个大院，各进各的办公室，还要说'再见'吗？"她笑了。

我脸红了。

1952年2月15日　星期五　晴　（中午记）

为什么我这样骄傲、幸福？起床的时候恨不得喊几句口号，庆祝充实忙碌工作日的开始。

走路的时候，我向阳光下的白雪致意赞美，多留几天吧，暂时先不要化成水流。

在学校里，许多人向我打招呼。校长主任老师同学，都认识我，都知道我对于他们学校，不是完全不相干与不重要的，我是他们知道的人。

回到机关，一连接了好几个电话，有许多事情人们要问我，我要回答他们并且再问他们。和人和生活和工作和大事小事国家社会市委区委，我都连接得非常紧。

除了我，还有着多少个这样的十八岁、十九岁、二十啷当儿岁的快乐光明、天马行空而又脚踏实地、吭哧吭哧的青春吗！

1952年2月15日 （夜，补记）

我好像有了一种神奇的充溢的力量，在紧张的工作生活里，不觉得一丝疲劳。而且，我盼着做更多更多的事情。

从明天，每天清早，一定要跑步做操，把又冷又新鲜的空气大口吞下去。我要买几个笔记本，一本记时事摘要，一本贴剪报，一本记读书心得，一本记对于任务、政策、方法、作风的感想与体会。再买一本呢……我要试着，在上面写几首诗。我早就想写诗了，老是不敢，再不写，实在是辜负了生活，辜负了我自己的蓬勃兴旺，噌噌噌地向前，四面笙歌，八面来风，感动与情愫如浪涛起伏涌动。

我想出去走走逛逛，我觉得

不如坐下来整理我的思想；

我想与同龄友人通个电话，又觉得

不如先读完报上的文章；

我想到雪地里多跑八百米，又觉得

不如写下这一天的感想；

我想重新听一遍王昆、楼乾贵，

却又想不如干脆自己高歌引吭。

天啊，我的诗是不是太小儿科了呢？

如果，一个人打开自己的心灵，常受感动，多思索，就会发现那么多好事情，新鲜而又有趣的事情正等着他去做，去写，去唱，去喊，那就做去喊去吧！如果发愤做到了能做的一切，也许，也许他成了一个——英雄。

1952 年 2 月 19 日　星期二

明天，所有的学校都要开学了，据说，开学头几天还不能上课，大家忙于"三反"，许多事情还没有准备好。我问凌蕊园："什么时候走啊？"她说："还不知道呢。"我告诉她，学校不会马上上课，心里希望她多留几天。

报上又刊登了美国军队在朝鲜和我国东北散布细菌的消息。大家气愤极了。护士学校全体团员给团区委来信要求去前线，参加抵御细菌战的工作。有一个孩子，带头写了血书，有二十多位同学咬破了中指在血书上签名。银波同志和她们谈了话，劝她们安心学习，听候祖国的召唤。她们对于帝国主义的仇恨，移山倒海。

1952 年 2 月 21 日　星期四　晴　小风

她走了，也没有告诉我一声。

晚上回来，银波同志把我的《少年日记》拿给我，不需要说什么，我只是连忙点头。又不由得愣了一下，女六中不是二十五日才开始上课吗？

我翻开书，夹着一纸小条：

我走了，再见。书还没有看完，先不看了，谢谢你。

区委会真是个伟大的、难忘的地方。

蕊园，午后

我一遍又一遍地看着这两行字，从这几十个字里，感觉到她的亲切、成熟和朴素。还有，我能不能说呢？我深深地有了一种感觉叫作亲近。亲近，就是又亲又近，在中国共产党一个大城市的区委会里本来也不会有陌生与遥远，工农劳动大众的特点正是联合起来，亲近如一人。我仿佛听见了她淳厚的声音，仿佛看见她热情而礼貌地向我伸出手。我感觉到了，她丰富的毫不做作的内心情绪的流露，这流露又是有分寸的。而且，她的纸条的字迹有一种中学女生少有的干练劲儿。于是我忽然想到，许多地方，我要向她学习……

　　教育局指示各学校尽早上课，银波同志说，这次运动以后，学校青年团的工作要更围绕着学好正课与建设调整学校的党政领导班子进行。团中央一位副书记指出，团在学校的工作，不要搗忙。搗忙？不太懂他的江苏宜兴吴语。似乎是说团的活动不要干扰学校的教学秩序。我不太舒服。我的思想，同时正围绕着那张小条飞快地旋转，恍惚中听见黎银波同志的这么些话。

但是我仍然明白，由学生团总支管那么多事，出头露面那么多的时代，快要过去了。

1952 年 2 月 24 日　星期日　（早晨）

这个世界有了一个笑容，到处是她的喜兴。这个世界有了一个声响，到处是她的声音。这个世界有了灵巧与清澈的目光，到处都有对你的关注。这个世界每天唱二十四小时歌，苏联、德意志民主共和国，瞿希贤、马可①。睡梦里也响起了歌声，你的、她的、我的歌声。世界人间天下家国主义，一切都变得更加美丽、温柔而又正义弘扬，德行高尚，强大辉煌，礼花绽放。

1952 年 2 月 24 日　（深夜又记）

几天来，无论什么时候，都想着凌蕊园。

我想她。在火一样的"三反"运动中，我们的心不知不觉地连在一起。饭后三言两语，午夜短促问候，成为艰苦的生活里最宝贵的相互鼓舞和慰

①　瞿希贤、马可均为作曲家。瞿希贤的代表作有《听妈妈讲那过去的事情》，马可的代表作有《南泥湾》《咱们工人有力量》。

安。而我们之间的了解，也好像超过任何长期共事的朋友。她走了，就走了吗？我们长久地见不到面，她念书，我工作，"因公联系"的时候握一握手，是这样吗？

我有许多好朋友，他们比我年龄大得多，而那些年龄相仿的，我往往觉得他们太小孩。凌蕊园是我有生以来，第一个同辈的最好最好的朋友，我们可以挽着手参加生活与战斗。谁也不知道，这种对于朋友的想念，不，不说"想念"，就说想吧。想比想念这个词淳朴亲热得多，它有多么甜，又有多么苦。

"我想你了！"一声呼唤与多方的回应在世界上回荡，天开了，云散了，红日高照，万花千草，都在成长开放，所有的河流，发出了哗哗啦啦的奔流的轰响。

1952 年 2 月 25 日　星期一　大风

我打开日记本，坐在写字台前，钟摆嘀嘀嗒嗒，把时间送走，大风在窗外狂叫，我的心像风下的海洋一样波涛万丈……

我明白了，我明白了！

我真傻，到今天才明白。我害怕，我还可能再多糊涂几天。刘夏同志，无论如何，你要平静一点，慢慢地讲……下午在长安大戏院，参加了全市中学教员控诉贪污分子大会，当场把二中的廉维仁逮捕了，同时，宽大了几个坦白自首的贪污分子，"免予处分"。会后，不知道为什么，我没有和别人一起坐电车，我独自在寒风中回去。我已经预感，有许许多多的事情在等待着我。

会开完是七点钟，虽然全市都处在"三反""五反"的紧张斗争里，长安街的夜晚仍然有一片太平繁华的景象。道路做了新的整修，马路牙子换了一色的预制件产品，国营商店和合作社的门面也开始了金碧辉煌的装备。长安大戏院旁，是首都电影院，新片子开始预售票了，排队买票的人竟站了一里长，笑声此起彼伏。我匆匆提着书包走过，路灯把我的影子一时送在前，一时送在后。我向红绿色彩霓虹灯"首都"两字看了一眼，叹了口气。挺想看一次电影，已经一个多月没进电影院了。这时又想起了一直萦绕在心里的凌蕊园，对了，与她一起看一场电影该有多么好！如果和她一起看场电影……

　　还没想下去，这幸福已经使我受不了了。我愿意提前几小时去排队，买两张三角钱一张的，二楼前排正中最好座位的票。我们坐在一起，聊一聊学校里发生的事，灯黑了，我感觉到她的呼吸和目光，我能不能拉住她的手？新片开始映出，我们与影片里的主人公共同经历愁苦与快乐，我们都平心静气地看着，我懂，你应该比影片的角色更加耐心，你已经是年轻的老干部了。

　　我将因为她在身边而看得更感动，更入神。我的胸膛里有担忧也有祝福，有期待也有坚决。结束了，片子最后是幸福与平安，掌声中丝幕落下来，绒幕也落下来。我们走在长安街上，"长的是长安街"，《人民日报》上刊登过一首这样的诗，第一句就是：长的，是长安街。人们将会在长安街的漫步中谈电影、谈生活、谈前进、谈朝鲜战争。我的幻想入微，就像真的和凌蕊园看了一场电影，然后走在长安街上。我的脚步变得轻快，我的眼神变得明亮。

　　这是为什么呢？我想着的老是凌蕊园。凌蕊园，我轻轻念了一下"凌蕊园"三个字，马上笑出了声。

"你……"

好像忽然一个人闯来告诉了我，四顾无人，血液流动得更快了，我也想到，那么自然地，一点没有准备地想到："我……"当那个字一从心里出现，当我再次自言自语，听到那个"啊——呀"，眼泪哗地涌了出来。

不知怎么，我马上想到了我的童年，没有幸福的童年时代。想起了有一次，父亲和母亲打了架，地上倒着破碎的家具，父亲在冬夜穿着一身薄衣服走了，母亲伏在枕头上呜呜地哭，姐姐吓得缩在橱柜后一动不动。

我也想到了一个又一个冬天，在六七级西北风里，在北平街头冻死的饿殍，和"叫街"的乞丐，拿着石头砸着自己的胸口，哭诉着走投无路的悲哀，如果迎面看到一位有钱人走来，叫街的乞丐突然拿出一把刀，把自己的脸孔割上一道，满脸鲜血地跪在"行好的老爷太太"面前，哭诉着"有剩的给一口吃吧！"用他们职业化的口音调门发声，听起来却像是"人眼扭是秤嗯横迪，给一寇迟拨……"。

我的童年没有和睦和温暖，没有温饱和游玩，我从小就知道了人生的艰难与人与人间的残酷，我多么渴望着真正的忘我的爱……在落华生①与冰心那里，隐约有一丝丝爱，在巴金那里，有火一样的爱，在鲁迅那里，有痛苦与坚毅的爱。

紧接着，也许是同时？谁知道那一刹那，万种心思的出现次序呢？三个星期以来，和凌蕊园相处的记忆，像闪电一样迅速地从心中展示，相见、白菜汤和大火炉、瓷缸子、歌——东北风，莱茵河寂寞而幽静，颤抖和微哑的嗓音，第一次散步，胡同口打冰出溜的小孩子，直到最后"告别"的纸条，她在条上写："谢谢你"，她的署名并没有写姓……十八年来第一次有女生给我写信只签名字，没有写姓，这很重要，我要为之泪下。

二十几天来，我们在一起时，她说的和我说的每一句话，她唱的和我唱的每一首歌，她的和我的面部闪过的每一个细微的表情，都留下了痕迹。我们一起坐过、走过的屋子和街道上的每一个物件，

———————————

① 落华生：作家许地山的笔名，代表作《危巢坠简》《落花生》。

我都能不差毫厘地全部回映清楚，像一个大合唱，像一组镜头与画片，像一阵又一阵雪与雨，包括"三反"和"五反"，总结材料和数字统计，还有深夜不眠的温暖与活力，直至契诃夫与他的妻子莫斯科大剧院的巨星克尼碧尔，都深深印在心里，永远不会被无情的岁月消磨。契诃夫终于与克尼碧尔结婚了，却没有足够的时间在一起，三年后，契诃夫病逝。

她呢？她，我觉得她也对我好，这个发现或者说这个判断给我难以形容的骄傲和喜悦。她难道不是关心我吗？她问我为什么那么小，说我"可是你太瘦"，她的在场见证了我的存在、我的年轻幼小、我的绝非肥头大耳的傻瓜、我的聪明、我的思索、我的瘦削、我的革命加多情气质。再想下去我微微有点害羞了。我第一次知道，一个美丽的姑娘的抚爱是多么动人，多么令人眷恋，多么使灵魂变得崇高而且丰富，一句话，她证明了感动了我的存在，她是我活过不平凡的少年时代的见证与标志。

我也能使她骄傲的！我还很幼稚，没立过功劳，不怎么光荣。我的上衣缺两个扣子，头发老是梳不顺。实在算不上什么，不，我还远远不是我自己，远远就是还差个十万八千里。但有了她就一切不同了，这与四年前的入党一样，开始了我的新生命。我有许多惭愧，只是决不气馁，我相信我的忠实、我的聪敏、我的深思、我的力量，对不起，力量有待于爱情与理念的发动。爱情是情，也是理念，是理论和信念，最见一个人的高尚还是卑微，诚挚还是奸诈，智慧还是愚笨，鄙俗还是高洁。

从西单走过天安门，到了东单，再从东单走到东四，到区委会了。我不回去，我又从铁狮子胡同向西走，那条路两旁长着高大的洋槐，很安静。我踏着积雪，走来走去，重新想起那已经想过的事情，想了又想，想了还想。

在雪后的北京大街上走路，是这样开心，还觉得自己有点神气，叫什么来着？昂首阔步，精神十足，路通千里，四面八方，时间是我们的，年龄是我们的，事业是我们的，美梦是我们的，北京市、一二三四五区、路灯和交通红绿灯、汽车站和商店的招牌，都是我们的。你好，白雪；你好，北京；你好，爱的梦；你好，长安街、东单、东四三条、六条、八条、铁狮子胡同……你好，主要是你，欧薮喽密奥（意大利语）——我的太阳！

1952 年 2 月 26 日　星期二 （早晨记）

一个人，在古老美丽新生的北京市城区大道上，在雪后走上三小时，谁能有这样的豪兴和诗意，这样的眷恋和温暖，这样的如歌的行板？

然后躺下，做了一夜的梦。

梦见在大森林里开庆祝"三反"胜利大会，贪污腐化一扫而光，光明灿烂，日月经天。

我问银波同志，这是什么地方？她说，这儿是热带。我看见了大象、犀牛、孔雀、群猴。梦中断了，又看到了小学五年级的级任①刘老师，他的脸上贴着橡皮膏。我当时很清醒地想起，他是在日本宪兵队的虎口里被害的。他怎么来了……我在冰场上滑冰，滑得非常快，于是围上一圈游人，欣赏我花样滑冰的技巧，凌蕊园却没有来，我哭了。用手揉着眼睛，有人掰开我的手，一看，是凌蕊园，她

---

① 级任老师，现称班主任。

穿着桃红色的裙子。我说："天这样冷，穿裙子行吗？"她说："天冷什么？现在已经是春天了。"我回头，果然看见如茵的绿草，听见小溪淙淙的流水声。这时我飞起来了，怎么搞的，我会飞了呢？我长出了翅膀，穿过树林，穿过山岭，穿过月光，穿过快乐的风，穿过歌声，是马可的《我们是民主青年》，是歌剧《刘胡兰》里的"交城的山来，交城的水"。是"东北风啊，刮呀，刮呀，刮晴了天啊晴了天"，是"天翻身来地打滚，仇人今天见了面"，我飞到了战火纷飞的前线，"我们是投弹组，战斗里头逞英豪"……我飞翔着穿过了交响乐伴奏的大合唱，苏联《共青团员之歌》："听吧，战斗的号角发出警报，穿好军装，拿起武器……亲爱的妈妈，请你吻别你的儿子吧……"

一觉醒来，做过那么多梦。这使我有点激动，又有点不安，也许还有点惆怅，有点忏悔。

一代人，活得这样足实，这样热火，这样飞翔，我相信，我们相信，我们永远相信！

1952年2月26日 （晚上记）

一晚上有些忧郁，我好像变了，整天发狂地想着，想着梦，想着"三反""五反"，想着会议，想着苏联、市委和华北局，到处是她。我相信她也做了梦。我的少年时代就这样结束了吗？在大合唱中？结束得这么早！不，我不怕，我经历的是少年的爱，春天的花，是多么地香，秋天的月，则多么地亮。不，这不是香港传过来的歌的原词。少年的我是多么快乐，美丽的她——沉稳的她、深沉的她、奋斗的她，而且是温柔的她，她是怎么样的呢？她是天使，她是淑女，她是大队长！我们都要长大，我们都会长大，"我们的祖国，多么辽阔广大！"我们的年月辽阔光明！真希望自己多做几年无忧无虑的孩子，真希望自己已经是顶天立地的壮士！是个孩子，不是孩子，早已不是孩子，是先锋队、是后备军、是阶级的战士、是投弹手、是国士、是党人，力拔山兮，气盖世！时不利兮骓不逝。骓不逝兮挥长鞭，追风逐电马长翅！

然后我读书，我思索，我总结思想，我读大部头哲学与社会发展史,《资本论》。读通了《资本论》,那时候的刘夏,百战百捷,无敌于天下。

睡觉以前,仍然要到雪地里走一走,至少要跑三千米。

1952 年 2 月 29 日　星期五　晴

明天就是美妙的三月了,今天太阳特别好,谁都觉得阳光是在把自己照耀,严寒就要消逝,春光正在明媚。为什么小小的、俗俗的"春、光、明、媚"四个字会让一个猛志入云的青年含泪?当我看到,各处貌似干枯的树枝和树干,它们的叶蕾蓓蕾蓄势待发,已经可以想象满树的桃李杏与樱桃花了。

每年春天都好像特别短,未及受用,匆匆已满。今年可一定要特别认真,注意地迎接春天。早晨,做完早操,我跑到胡同空场上大声唱歌,越唱声音越大,我觉得,凌蕊园在她的学校多少也能够听到一点。过了一会儿,小风吹过,我仿佛听见一个嗡嗡的回音,也许那是凌蕊园答复我的歌声吗?我跑着跳着等着回去。到了理论学习时间,我拿起精装厚书《联共（布）党史简明教程》，忽然想象，也许她不那么在意我呢？她可能根本没有想到诗与梦的故事，对于一个学生来说，当然最重要的是考试的分数和体育体能达标。我们的工作在向配合正课学习方向转移，庆祝会、联欢会、开幕式和接二连三地响着吹奏乐送别参军的日子正在收减。我的热情，我的快乐，我的苦恼，岂不都随风飘逝？那太可怕了，那太惨了，我不敢想下去，又忍不住想。就像童年时候等待妈妈回家。天黑了，没回来，是不是被汽车撞了呢？早晨的理论学习没有学下去，无论如何，不能把思想集中到书上。下午开会的时候，脑子也常常开小差。

参加工作以来，从来没有因为什么"个人问题"影响过学习，现在是怎么了呢？我翻开少奇同志的单行本《论共产党员的修养》，我要向"修养"求援，我要向党的教导求助。

1952 年 3 月 2 日　星期日

从家里吃晚饭回来，团区委办公室只剩下黎银波同志一个人，这个星期日比较空闲，都各自玩去了。银波坐在火炉旁，把电灯拉近，正在看放在膝头上的小说，她的头发湿漉漉的，大概刚洗过。看书当中偶尔用手摆弄头发。她见到我，把书翻过去，问我："回来了？"

"你怎么没和老韩去玩？"我问。

"等着你呢。"

"有事吗？"我赶快脱掉棉军大衣，在她身旁坐下来。"没什么。"她随意地说，问我，"快回来了吧？"（指从区委的中心工作回到团委。）我点点头。"三反"已经进入复查甄别定案总结阶段，快收兵了。

"这一段，真够忙的。"她说。把右腿搭到左腿上。

我觉得，她只是随便找找话说罢了，她正在观察我。

莫非她觉察到了什么？

"小鬼，越来越大了。"她富有深意地说，脸上隐藏着狡猾的笑容。在这敏锐的好心的领导同志面前，我好像有了依靠，动荡的心思初次平静了点，我不能隐瞒也不该隐瞒什么，我向前拉了椅子，叫了一声"银波同志",她仰起头,凝视着我,默默地等待着。

我慌乱地开始说话,不知道往哪里放我的手。"最近,我好像……我是说,我……常常……"我断断续续讲着。

"说吧。"她轻声劝我,把两手交叉在膝头,耐心倾听。

我鼓起勇气,"银波同志,我……爱她,爱上了凌蕊园。"我终于说了,不知道怎么说的。党员、团干部,还是原来的队干部,银波当然也熟悉。我第一次公开了自己的心事,整个世界完全变了样儿,我豁出去了,我已经做出了重大的决定,我准备迎接命运的恩宠或者嘲笑,抚摸或者一脚踢到腚上,踢出三十里铺——"提起个家来家有名,家住在绥德三十里铺村","有心拉上两句话,又怕人笑话"。这样昏沉沉地过了一会儿,睁大了眼,不急促也不眼红,期待着银波的说法。

1952 年 3 月 2 日　星期日 （又记）

我已经完完全全变成一个大人了。银波同志后来讲了许多，许多我都听不清楚，我只记得她的声调是平和的关切的严肃的。她有好几次叫我小鬼，她用几句话打中了我的心：

"没什么，小鬼。如果爱就爱吧，别怕，别胡思乱想。本来是一件挺好的挺美的事嘛。不过，也许还是可以等等吧，时间，会帮助人。一切的好与不太好，都需要时间的检验。她毕竟还是中学生。是的，我也认为她不一样，她与别的孩子不一样。她能处理一切……她现在，已经是学校的一个管事的主任。你们还小。你还是正在探寻……"

谢谢银波同志，谢谢！

1952 年 3 月 3 日　星期一

是的，我还小。

如果我的心里有了爱情的种子，那就深深地埋藏起来吧，经过春风化雨，种子就会发芽，也许先静静地等待着。你革命革得很急切，你入党入得很提前，一粒种子，会长出一片、几片、一树的叶子。叶子慢慢生长，从前，以后，后来，终于……成为一株高大的、受得住风吹雨打的苹果树。

何必让瞬间的春风吹乱自己的头发？何必让种子在浮土上太早地发芽？

1952 年 3 月 4 日　星期二

为什么不能说呢？九岁，我看电影《不求人》，我看到周曼华饰演的角色在类似蒸馒头的家务事中的干练和辛劳，为什么是那样地打动我的心？我忽然想到，我长大了，也会有一个媳妇儿，像周曼华一样，勤劳、俊秀、利索、奉献、长头发，抹着额头汗水，抿着嘴角，招人疼爱，美丽而又辛苦。

不能说的还有刚解放，地下党刚刚公开，团市委刚刚在东长安街 8 号成立，第一任团市委书记荣高棠号完房子立马调离随军南下，第二任书记刚刚接手，新成立的青年文工团排练歌舞。刚刚调到团市委的我被邀去看彩排，我看见了另一个白净如玉的她，见到了她看着盼着我的微笑……她是燕京大学法语系的党的外围组织成员，她会弹钢琴，她又分配到舞蹈队去了，这次彩排中，她一直对着我笑，再笑，又笑，还笑。我痴想了前后大约三十七个小时，七十二个小时我沉浸在她的笑靥里。然后。我笑了。

还有过一个人，她梳着两个小辫子。一次我突然找借口去找她，在见到后的第一分钟，我也笑了，清爽，如水，如空气，空空如也。

（插话：与她们分手都已经七十多年矣。

不，我不能再告诉自己什么了。我不能再写下什么了。）

晚上六点多钟，我去文具公司买红铅笔。出门了。看见一排女学生迎面而来，忽然听到了她的声音，"刘夏！"

她离开女伴，向我跑来，我被这意外相见的惊喜搅得迷乱，靠在文具店门口的电线杆子上。她穿了一件半新的赭石黄皮夹克，显得英武而俊秀。就是这身衣服，使我没有认出她来。

这一瞬，我似乎，初次正面靠近看清了她的脸，才知道，她多么美丽，她睁大眼睛的时候，出现了双眼皮。她的鼻子匀巧而且清秀。她在微笑的时候，有浅浅的酒窝隐现。从她的脸上看不出丝毫一点拙笨疑惑琐碎怯懦，像在太多的颇有些畏缩躲藏的少女身上看到的那样。她让人觉得的是毫无保留的友善和透明的纯洁。如果我再多看一会儿，恐怕双脚就支持不住自己的身体了。我转过头，我想是这样的一瞥，有多么暖心、舒心、适意、惬意，你把所有的表达美好心情与深深感动的言辞全部用上吧，把俄罗斯语的"夏思列夫"（幸福）与英语的"孩波伊"（快乐）也都抢出来吧，我永不满足，永不嫌多，永远牢记。

嗫嚅地回答她的招呼——她曾经招呼了你，你却没有回礼。我不知道应该怎样回答你，已经感动得旋天匍地。已经感动得山高水长，已经感动得悄悄哭泣。

"明儿有工夫，我去区委会看你们吧。"她可能好像这样说，我欢喜得声音发颤，忙不迭地说："欢迎，太欢迎了。"我的口齿，怎么似乎不太清楚。除了她的声音，我再也没有力量听别的、想别的、说别的了。

1952 年 3 月 5 日　星期三

一夜没有合眼，四点钟起了床，给她写了信。

小凌，你走了，我天天想你。

春天就来了，你喜欢春天的草地吗？三月来了，马上会有一片绿草地，大得没有边，我们去玩上一天好不好？我们坐在草地上，我拉手风琴，你唱歌，白云从我们头上飘过。唱完了，我们谈一谈，我要把我关于人生的思想，告诉你。或者你常常思念的是大海吧？我们活了这么大了，没见过海，总会有一天，坐在毛泽东号巡洋舰上，迎着朝阳，一起朗诵着普希金的《致大海》："大海啊，你自由的元素……"浪花飞扬，打湿了我们的衣衫。

还有呢，我们一道去参加青年城的建设，在沙漠上建造花园，有一次你受了凉，生了病，躺在雪白的病床上，我去看你，你睡了，我踮着脚悄悄走过去，带给你一束小红花。

过了好些年，好些日子，再也没有恶霸、间谍、贪污分子了，也用不着在"三反"运动中开夜车了，那时会开一个庆祝共产主义实现的大舞会，几万个红绿灯照着所有的朋友，他们都来参加舞会。我们一起跳舞吧，先跳狐步舞，再跳华尔兹，还要跳探戈、伦巴，当然我是很笨的，常常走错步子。我一定会用心地努力地跳，只和你一个人跳。从黑夜跳到天明，从北京跳到上海，我老是邀请你，邀请你。

你答应吗？

你的朋友 刘夏

3月5日

　　写完信，天还黑。我跑到大门口，悄悄拔下门闩，推开门，看到弯弯的小月，我揣着信，向邮局走。寒风把我的眼泪吹干，在这黑夜的最后一刻，我祝福凌蕊园，祝福银波，祝福吕建群，祝福黄大姐，祝福老周、小李、小周，祝福姐姐和她的朋友，祝福一切为缔造新生活而憔悴了的好人，有一个甜甜的梦。

　　没想到，今天就接到了她的电话。日记刚写完，电话响了。她的声音十分微弱，像在遥远的地方，她说："今天中午我接到信了。"沉默了一会儿，又说，"你忙吗？"我没言语，沉默了一会儿，她说，"星期六晚上到学校来找我好吗？"我啊了一声，沉默了一大会儿。她说，再见，把电话挂上了。

整个接电话的过程中，我竟没有说出一句话来。

我真笨！

为什么她的声音这么小呢？在一个女子中学的宿舍里。可是她那么快就回了电话。

今天是星期三，离星期六还有三天，三天，七十二小时，这是多么漫长。

1952年3月8日　妇女节　星期六

我喜欢三月八日，我喜欢妇女节，它也是我的春天节。许多年在这一天，骑车走过金鳌玉𬟽桥，你一定会发现了全面的解冻，你看到了满太液池的碧波，你看到有几艘小游艇已经下水。

一直盼望着天黑下，汇报会偏偏开得很长，刘校长一开头就是一个钟头，我简直急得要哭。会散了，我吃了几口饭跑出门，忽然想起自己的头发太乱，又连忙跑回宿舍，生平第一次对着镜子认真拢头发。向晚的街头非常恬美，行人似乎都用羡慕的眼光投向我，我羞了。传达室工友说，凌蕊园在团总支书记的办公室，我进去，发生了意外的事情。

借着昏黄的灯光，我看到她躺在床上，白色的医用棉被齐胸盖着，头上裹着纱布。我进屋的时候她脸向里，我轻咳了一声，她转过头，马上流露出笑容，强作无事，坐了起来。她说："真好笑，晚上我和周露老师（专职团总支书记）一起去吃门钉肉饼，吃完饭在街上溜达，被马给撞了……才破了点头皮，不要紧。"我觉得她是故意说得这样轻松，我怯怯地走近床铺，让她躺下，我的动作不大自然，不知道怎样表达一个男孩的柔情和关心。她没躺，拉过枕头靠上，继续说她被撞的经过。

"一个解放军同志骑的马惊了，大家都躲开，我正和团总支书记谈话，说到了区委，说到了黄大姐，说到了你，一下就被撞蒙了。睁开眼，好些人围着，那个解放军同志脸上掉着豆大的汗珠子，我忙说，没撞着，别着急。"

她微闭了一下眼，摸了下额头，我退后，在离床一定距离的椅子上坐下。

不知道哪一班，在开周末晚会，有音乐声飘进来，是波兰集体舞曲："有位姑娘去到林中寻找红莓果，寻找红莓果，寻找红莓果……"我轻轻地和着乐曲哼哼了几声。

"疼吗？"我指着头问。她摇摇头。"上课了？"我问。

"早上课了。先生讲得非常好。"沉默了，我又小声问："过得怎么样？"她一笑，过了一会儿，她忽然说："星期二，我看到了你……"

"什么，是……在文具店门口吗？"

"不，那是星期三。星期二，在先农坛。"

"匈牙利！"我们一起喊道。那天有匈牙利文工团的访华演出，最精彩的是他们跳的"瓶舞"，每个女演员头上顶着一个瓶子，唱道："快快和我结婚（梭发米发梭梭）……今天就当新娘，明天就是母亲了，再晚就要变成老太婆（梭梭拉发米瑞多）。"

回忆是美丽的

　　那时候是一个高潮。二战的发生，在法西斯匪徒面前显现了世界各国共产党人的英勇无畏。斯大林格勒的血战，列宁格勒的坚持，中国东北的抗日联军，华北敌后的八路军，土耳其共产党员诗人希克梅特把红旗悬挂在纳粹军人占领的市政厅楼顶上，他的诗句说："中国所有的风帆，都充满了风。"还有西班牙共产党的领导人伊巴露丽。

　　而中国革命的胜利，更是国际共产主义运动的高潮中的高潮。僵尸化旧中国凤凰涅槃，到处是红旗，到处是秧歌，到处是锣鼓，到处是《喀秋莎》，凌蕊园已经唱过了；还有捷克斯洛伐克的"快把小鼓咚咚地敲起来"，保加利亚的"唉，我们辽阔的原野，辽阔的原野，啊，我们亲爱的巴尔干山"，罗马尼亚的《多瑙河之波》，波兰的"弄脏了泉水就不是好姑娘"，匈牙利的作曲家李斯特和巴托克，阿尔巴尼亚的《你含苞欲放的花》……中华数千年，什么时候那样开放过，打开收音机，就是广播俄语讲座："这是什么？这是书籍。那是什么？那是铅笔……"

文艺的记忆也是历史与地理的记忆，歌舞的演出也是政治格局的花花绿绿，还有爱情、友情呢，你的爱情，你的浪漫，你的人生，来了，去了，起了，伏了，笑了，泪了，小说了，畅销了，丧失了。

仍然相信，仍然想念，仍然难舍，仍然闪光，仍然挥手示意，仍然仍然，明年我将衰老，谁的青春都不是吃素的。

她勇敢地抬起眼睛："我看了你的信。"我怀着紧张的期待注视着。"你写得真好。"她低下头。

这时我多么想，走过去拉住她的手，但是我没有胆量。时间就这样慢慢过去了，我偶尔说两句，她偶尔说两句。我们谈得很轻，很少，我们互相听见了许多许多。在无声中，在窗外传入的不知为何的声响中，在似有似无的谈话中，有一个旋律，有一个鼓点儿，有一支小曲儿，奏响了，唱出了，摇曳着。

我应该是自制而有礼的，于是说，我该走了。她点点头，当我要出去的时候，她叫住了我。

"我的叔叔到北京来了，他说，他要申诉。"

"哦，怎么？"我皱起眉。

"他来找我，我没见他，他又写了信……说是……"她紧紧闭着嘴唇。

想了想，我告诉她："还是应该见他，至少他可以改正错误，做一个好人。斗争贪污分子的时候，我们是严厉的，对于承认了错误的人，我们其实宽厚而且仁慈。你是他的侄女，为什么不能关心他、帮助他呢？"

她想了想，点点头。

我回到机关。把一切告诉给银波，也告诉小李小周，我一点也不想隐瞒了，我爱得高高兴兴、亮亮堂堂、轰轰烈烈、风风火火。我只愿意得到别人的祝福，今天夜里。凡是听说了我的故事的人，都在笑着，谈论着，找我握手。我回忆着这次见面的经过，努力记住一切，我忽然害怕，如果，有一天，连这样的记忆也会淡漠起来呢？

我更加明白了，一个人在没有去世之前，他当然活生生地欢实；一个记忆在没有消逝之前，它当然刻骨铭心牢记；一团火在熄灭以前，它当然是在呼呼地燃烧。

生活，就是面对。快乐，就是信任。幸福，就是勇气。

1952 年 3 月 10 日　星期一　晴

今天参加了两个学校的庆祝"三反"胜利大会，会上对这次运动查出来的贪污分子，做了极宽大的处理。这些贪污分子听到，将要宣布对他们的处分的时候，脸唰的一下白了，两腿簌簌发抖。而等他们听到免予法律处分、退赃的标准不按物价上涨的幅度增加的时候，一个个痛哭失声。昼夜不停地干了几个月的"三反"运动，表现了决心，表现了希望，表现了紧张，也表现了宽容。"三反"和"五反"陆陆续续要结束了。由于银波同志与党委交涉的结果，我不等整个工作完了，过两天就离开"节委办"回团区委做我的老工作去了。我有一种即将回家的兴奋感觉，我的新的生活阶段要开始了。我痛切感觉到现在的一切就是在创造自己的一生，我的幸运在于早早地独立地创造生活、创造此生、创造属于自己的选择的人生了。即使是最熟悉的工作，要的是挖掘出自己的全部潜力，努力的人、深爱工作的人、工作中成长和学习的人有福了。

我买了一双新皮鞋。

1952 年 3 月 11 日　星期二

托人给凌蕊园带去了一个小条:

那天晚上以后，我更知道，和你在一起，是多么快活，我恨不得天天和你在一起，看着你，听着你说话。但是，哪能这样呢? 你每天上课，学习并不是不吃力，而我，工作又那么多。我说，最好平常我们谁也不要想谁吧，你忙你的，我忙我的，越忙越好，然后见面了，我们拿出成绩来，一瞧，都不错啊。

小条最后，我请她星期六晚上，一块看个电影。苏联片《在和平的日子里》，我看到的广告画，是苏联的海军故事。

1952 年 3 月 15 日　星期六

从早晨起我十分焦灼，昨天排了一中午队，买下来大华电影院今晚的两张票，可她来不来呢？我觉得她看了小条，应该回复我，中午给她打电话，叫了好久才通，结果她在开学生会执委会，晚上下班以后再打，仍然没找到。我决定到学校去找她。

这时小李从传达室拿来了她的信，小李举着信和我开心，非要我答应请客才把信给我。我急得要命，而且好像有点不安，我夺了信，一个人跑到后花园，双杠底下，心跳着拆开信，看了头一句，就慌乱了。

刘夏同志：

　　所有的错，所有的错，全在我。

我的眼花了，从头又看。笔记本上撕下纸，字

迹凌乱，很多修改后加的话，我还没有完全绝望，
继续看下去：

　　区委会的相处，你给我的帮助是难以计算的。
你写信来了，写得那么高尚，那么真诚，那么温
暖。我觉得我收到的不是信，是诗，是闪电，是春
天的雨。一个幼稚的、肤浅的、容易冲动的女学
生，除了响应你，难道能摇头说"不"吗？我激动
起来了，我从来没有收到过，也没有想到过，恐怕
今后也收不到这样美好的信笺了。你是写信的专
家，你的信无法阻挡。我被大风吹来吹去，来不及
思索，愿意一切按你的意思。
　　但是还有时间，过了第一分钟，总还有第二分
钟，过了头一小时，总还有另一个钟点。时间帮助
了我，唤醒了我，理智比情感更强，我只能说，我
不行啊，我怎么行呢？

　　看到这里，我知道，是不一样的情形了。我困
难地读下去：

我比不上你，真的，那天知道你比我还小一岁的时候，我无地自容。我是个中学生，和女伴们一起跳集体舞，玩猜领袖，但是，我告诉你，我的日子并不容易过，无时无刻不有一种巨大的羞耻，鞭挞着我。我已经十九岁，才上高中一年级，我的知识贫乏得可怜，我的考试成绩不那么理想，也许可以原谅自己，分出来许多精力，做政治工作。提起政治工作，又怎么能比你呢？这些还好说，最使我不能安宁的，是同学对我的信任和爱，她们什么事都找我，什么话都和我说。有一次，先生出作文题：《我最敬爱的人》，竟有同班同学写了我，在敬爱后边，她写上了我的名字。我觉得深深地对不起她们，昨天一个同学问我一道几何题，我也不会。

　　我常想，幸福还不是我的，现在还不是我的。我没有权利，我没有办法，我没有时间也没有能力，按别的轻松如意的方式想。

　　我抬起头，看见了黯淡下去的天空，我问，就是因为这个吗？你不行？为什么我觉得你了不起！正如你所讲，同班的同学，已经认定你是她们最敬爱的人。这样的评价，是随意的吗？

我知道，这样做会使你痛苦，请相信，我也并不好受，但这样更好。

我想说，你了不起。

天啊，我刚刚自言自语，我在说："你了不起！"这是什么，是同气相应，还是碰巧接上了火？"灵台无计逃神矢"，这回是鲁迅。

在未来长远的路程上，您一定能做出点什么……生活不会苛待您，您会有更好的朋友和伴侣。那时候，您能够同意我了，至于我，有您的那封无价的信，已经够了。我让它伴随我，一生永世，在我十九岁的时候，收信。

我已经够开心的了。

凌蕊园

3月14日

就这样，她称呼同志、您，署名凌蕊园，写完了信。

1952 年 3 月 16 日　星期日　阴　风

起风了，北京的春风是可怕的，谁要到街上走一遭，回来满身是土，包括耳朵眼儿、鼻孔与眼角。我回家了，在家里听广播、洗衣服、擀面条、聊天，一切都觉得没意思。妈妈说我脸色不好，我不愿意他们看出来，故意表示高兴，和姐姐弟弟玩扑克，我常常看错了牌。下午，待在家里实在烦闷，去新华书店看书，翻翻这本，翻翻那本，哪本都很好，哪本都看不下去。打开一本《普希金诗集》，莫斯科外文书籍出版局出版，戈宝权译，有一首叫作《我曾经爱过你》：

我曾经爱过你，爱情，也许，
在我的心灵里还没有完全消亡，
但愿它不会再打扰你……

还有人人会背诵的：

假如生活欺骗了你，

不要悲伤，不要心急……

看了几句，泪珠在眼眶里打转。跑出新华书店，往机关走，等啊等，等到上了电车，车开了，忽然想起背包丢在书店，只好在头一站下了车，重新跑回书店，取了背包，回到机关，一个人也没碰见。我觉得非常疲倦，就到宿舍拉了棉被躺下，一会儿想再写一封信，一会儿自尊心绞痛了，决定不再想她。风一阵阵，越来越大，隔着门缝、窗户缝，撒下一道一道的黄土。

从前的北平——北京

现在很多人不知道了，一九三七年日军与汪伪占领下的北京，是叫作北京。一九四五年，先是美军在天津塘沽登陆，然后开着吉普、道奇大卡车把美军运到了北京，并将日伪时期的靠左行车规则，在二十四小时内改成了美式的靠右行车。接着，"国军"开进，北京改名北平，属于第十一战区，司令孙连仲。

北京北平的春天风沙极大，小学老师在课堂上就这样讲，北京的市容与天气是："无风三尺土，有雨一街泥。"南社名流黄节诗曰："一尘黄不上丁香，似雪翻风风却黄。日日好春风里过，令人梅雨忆江乡。"

到了二十一世纪的今天，什么都不一样了，除了故宫北海颐和园天坛一些名胜，我已经常常是人在路上，在高楼大厦摩天建筑之中，不知身在何处。

好像地安门大街改的样子稍微少一点。一九四八年年底，地下党给我们支部的任务是以"华北学联"名义组织高中男生数十名，以"童子军"军棍为武器，在解放北平的巷战基本结束、国民党军溃散、解放军尚未接管进驻行使管理之前，要靠我们这些潜伏的革命力量保卫地安门商业街区，避免青黄不接之时，商家遭到暴民恶徒哄抢。

对于地安门大街，我一直是情有独钟，分外在心在意的。

至于前门大街，近年注意恢复古城风貌，甚至恢复了一骨节有轨电车，但更给人印象的不是老北京，而是新时代新北京对于老北京的认真追忆，辛苦经营召唤。平安大街更是如此。民国时期的老北平，西城区平安里这个重要的公交车站，并不存在，相当于平安里车站的是太平仓，在平安里南近处，有轨电车从太平仓向东拐，走大约一站路后往北拐弯，进入如今的平安大街，走厂桥、东官房、北海后门、地安门等等。平安大街的设计与建设，无声无息。

再回来说北京的风，那时有一种风，老百姓叫作"下黄土"，应该是从境内外的黄土高原吹过来，然后落到许多角落。风带来了无孔不入的黄土，风又使盛开的丁香一黄不染。成也春风，败也春风，净也春风，脏也春风。此诗还证明了那时风大黄土大的时节是四月丁香季。

那时北京的夏天，雨前有燕子与蜻蜓在大街上低飞，雨后更是到处蜻蜓，夜晚是萤火虫打着小灯笼。孩子们称蜻蜓为：留离。冬天，西北风吹过电线，发出的声音鬼哭狼嚎。白天，成大群、结大队，飞满北京天空特别是北海团城一带最多的是大声喧哗的乌鸦。

（王蒙插诗：昨日京城昨日鸦，当年黄土当年沙。七十（载）文字犹激越，雨打陵园不败花。）

黄节的诗我是一九六三年在前辈学者钟敬文教授家悬挂的条幅上看到的，他设宴欢送我远走新疆。他家的墙上与咏风诗并排，还有一幅诗，表达一种含蓄的、类似对于红颜知己的情愫。忘年交黄秋耘大兄见了这另一首诗句，对我不断地说"赵慧文，赵慧文"，说的是拙作《组织部来了个年轻人》中的一个女性角色。

诗语诗人，波流未止。

星星点点亦模糊，犹忆曾然语似珠。日夜七旬东逝水，小王不忘话当初。

1952 年 3 月 17 日　星期一　晴

真的过去了吗？使我这样激动，使我幸福，这样使我痛苦的一切，无声无息无踪影了呢。

怎么那么空啊，好像一所大房子。本来有人、有火炉、有钢琴，有各样的摆设和书画。现在什么都没有了。空空的。没有东西可以填补。

各校团组织，交上本学期工作计划。年轻人，火热的心，跟随着毛泽东前进！我却不能集中精力阅读，我不是个好干部吗？不，不可以这样，绝对不可以。

1952 年 3 月 18 日　星期二　晴

天好了，天暖了。为了抗拒细菌武器，各地开展了爱国卫生运动。我们今天下午进行了彻底的大扫除,我负责擦玻璃,打了一盆水,撮湿了抹布,使劲擦,站在凳子上,擦高处。一边擦一边哼哼歌,想用歌分散悲伤,想起了那个晚上,说是:"又忙又唱歌,真好。"说对了,这就是我们的梦。于是不等这个歌哼完,就哼哼起《白毛女》的插曲,《白毛女》插曲也使人渴望爱情。我的喉咙又哽塞了,赶快转而哼哼我最爱的《运盐小调》,"捎带上一把南路货,去到那三边把盐驮。哎嗨哟,哎嗨呀",里面还有一段"额咧咧咧",是模拟吆喝驴子的声音。这个幽默的歌似乎也不像当初那样使人快活。那个单纯地听边区盐贩吆喝驴的快乐时期,已经一去不复返了。

(插话:已经有许多离别,已经有许多"一鞠躬,再鞠躬,三鞠躬。清明扫墓墓安然,往事多端未可言。此身或旧心难老,姑写小说泪若泉。依旧文章依旧情,他生话旧不朦胧。绵薄难尽雪花舞,孩气童心慰此生。")

1952 年 3 月 20 日　星期四

好像不相信那些理由,太暧昧,太过分,我不相信如此丰满的幸福突然变成了弥漫的悲苦。

天气暖得那么早，女学生穿着红毛衣到户外来了。百货公司的货物添了很多新品种，"五反"以后，经济生活更加繁荣兴旺。

1952 年 3 月 22 日　星期六

和她约会了今晚一谈，在她的一位同学家里，我初次脱下了棉袄，换上春装。周末的街道非常拥挤，无论是坐在新电车上的老头，提着医疗包的妇人，水果摊前大嚼着的孩子，大家都显得满足而快活。在朝鲜战争的炮火和斗争贪污分子的怒吼声中，人民已经感觉到大建设时代就要到来。我也快乐，也许更快乐得多，我为祖国的前进是那样激动，所以，因为，国家民族正在踏开大步前进，我的激动与快乐的心情特别希望与人共享。

她的同学住在国家一个部的宿舍，宿舍盖高楼，有人楼上愁。我首次进入九层楼的宿舍，看到了城市的面面灯火，灯光密密麻麻，令人觉得奇异和感动。这套宿舍是从前兰花饭店旧址，等我找到这个讲究的地方的时候，星星已经出现在暗褐色的天空。我被引导进入一个漂亮的房子，凌蕊园正在沙发上看画报。她介绍说这家同学的父亲是一位大艺术家，名声如雷贯耳，她提到了一些作品标题，我连连点头。然而，现在这里，艺术家的妻子不是凌蕊园的要好的同学——也是我认识的一个团干部的亲生母亲。她的亲生母亲是封建包办婚姻的不幸遗存角色，遗迹消失了，待在他们的家乡广东潮州。女儿与生母相距遥遥。

有些孩子，从小已经是一江春水向东流，同时还是八千里路云和月。

而会客室的墙上挂着一批艺术家与周恩来总理的合影，还有齐白石的画，有秦怡的大照片，有影片《一江春水向东流》的剧照，还有《魂断蓝桥》的主角费雯·玛丽·哈特利的照片，看不出费雯·丽的签名是手写还是印刷。最惊人的是，用相当大的镜框，装着一张小幅炭笔素描，上面的签名，是法国共产党党员，大画家巴勃罗·毕加索。

坐在这里，我有一点点不一样的感觉，我的呼吸平稳了些，表情也雅致了些。

"看了信了吗？"她问。

"看了。"

这是一个高级的会客间，我还没有到过这种地方。是的，人生有很多层级，有更多的故事，留下许多照片，许多动静痕迹。

"你了解我吗？"

"我……不能说不了解。"

"你高兴吗？"

"我们生活在这样的大变化的时代，一切的一切，一日千里！太阳出来了，满呀嘛满山红。我们能不高兴吗？不高兴的倒霉鬼啊，让他们作孽去吧。青年团的任务是学习，学习，还有学习，是培养全面发展的共产主义新人。是的，"我咬了一下嘴唇，"我只知道生活本来有多么地好。"

说话当中，我不觉流露出一种酸涩的味儿，我其实不希望这样。

她觉察了，皱起眉头，阴影从脸上掠过。

她不看我，小声地执拗地开始说："对不起，我知道。我觉得你特别好。'同志'，这个称呼对于有些人，可能无所谓，但是，'同志'是一切话语里最能感动我的。我叫你，刘夏同志，我愿意尽我的微小的力量和你一起，我愿意为你做一些事情。我不知道比同志更亲密的名词，何况你那么早就参加了工作，你不容易。我接到你的信了，我只有一个想法，你是好的，我不能让你失望，不能使你受伤，我觉得如果不回应你，就违背了我的心，对自己的同志的爱，当然，也许用不着说这些了，有什么可说呢？"

她难过地轻轻地喘气，我慌了，我请求说"原谅我"，我不知为什么，伸手打开了又一个立式的台灯。

她摆一摆手，她说：

"请求原谅的当然是我，虽然我只是一个中学生，对于爱情我不是全无所知，我知道那是多么珍贵多么严肃多么艰难。我得考虑一切，我不能随随便便，为了做出过的应许，我应该献出自己的生命，我能吗？我不能马马虎虎。

"很想和你谈我的过去，只说一点点，我曾经寄住在亲戚家，在我十三岁那一年，我的刚刚四十岁的父亲去世了，妈妈有慢性病，当时说法是我爹患了'猩红热'。有一天听到亲戚与他们家的人说闲话儿，我知道了，他们说我是白吃饭的。当天晚上我离开了亲戚家，在城里转了一宿。我说的是济南，有一条大街叫四大马路。第二天早上，迷迷糊糊经过一个大院子，门框贴着招收童工的告示。于是我当了工人，折页子，干了两年半，直到我叔叔从外地回来，供我继续上学。就是这个叔叔，出了事情。我有时候，执拗得可怕，改不了，现在，我这样一个各方面都差的人，各方面都落在别人后面的时候，我觉得是耻辱，人可以不幸，但是不可以耻辱。不，还是说不清我的意思，总而言之，有一个力量命令着我，责备我吧。也许你以为我太不可理解。"

她说不下去了，双手捂住了脸。

她是工人，她是工人阶级，咱们工人有力量！

听着无限诚挚的诉说，坐在这间陌生的屋子的沙发上。我觉得，自己对她的了解，刚刚开始。

不要只知道自己，更要知道别人。

原来以为，一切都明白了，其实一切还都模模糊糊，她的说话，给我的印象，也还不是非常清晰的确定的，但我已经被她执拗的愿望感动，坚决而又美好。她对自己的要求，也正是更炽烈和深厚的，无怪乎同班同学会那样敬爱她。我同情和理解了她本来是个要强的女孩子，甚至于我要说，正因为我喜欢她，就不能不充分尊重她的意愿，不能用自己的表现刺激她。

这时她又问：

"刘夏同志，你说，最重要的是什么呢？"

我不知道，从何回答，反正她的用意是，现在，对于她最重要的是学习，是班上校里的工作，是她叔叔的问题……反正不是爱情。那我还能说什么呢？

我把话题转向了闲聊。聊到天气，聊到新近流行的歌，聊到北海游船下水，很快地我们轻松起来了，话很多，很活泼，就像什么事也没出现一样。我真愿意和她一起聊下去。但是时间大概已经很晚了，她的那个同学敲门走进了屋子，她瘦瘦高高的，广东潮州人，大眼睛，非常明亮。我自惭形秽了。过了一会儿，我和她都向主人告辞。那个同学介绍我们看了一下楼下的小花园。我们看了，树木已经发芽，同学向我讲述了花开季节会多么美丽，我当然相信也会意。然后离开了这个在我的一生中只有一次机遇逗留的地方。我推着车送凌蕊园走了一段，到了该分手的路口，她叫我快走，她说，"再见"。

我难受了，想起那次在本院里道"再见"来，反身骑上自行车，飞快驶过深夜街头的寂静。

1952年3月23日　星期日

我永远地默默地想着，不再悲苦，不再埋怨，一切都有当然、必然、自然。从她那里知道了"同志"两个字的价值。最主要的是什么？我懂得她的意思了，你时时刻刻应该思索的正是这个问题，你忘记必须用行动做出回答的正是这个问题。最主要的难道是，一起逛逛公园和看电影，一起吃两个门钉肉饼？最主要的是战斗，是前进，是学习学习再学习，是明天，永远在一起，永远有共同的幻想和忧虑，有共同的奋斗和成果。我希望她好，她希望我好，最主要的是还要加倍努力，最主要的是要活得光彩，不能玷污了我们小小年纪已经经历过、思索过、煎熬过的不幸的但也是崇高的一切。

主要是什么，此生永不能忘。

1952 年 3 月 25 日　星期二

晚上和银波同志谈了，在她的屋子里，我极力用平静的语调叙述经过，说完，她找出来外国糖果招待我，点着头叹息，又笑起来了。她称赞说："刘夏，你们有点柏拉图的味道。现在，斗争激烈，胜利与建设匆忙，没有留下太多的柏拉图式思考与对话的时间和空间了。很好，你们还有一点，长着头脑的人是幸运的。人要活，还要思考与选择活，还要总结与改进你的活。我们太忙了。说真的，我欣赏你们的多少有一些的柏拉图主义。"

……然后她说："在我十八岁的时候，也无缘无故拒绝了第一个追求者，那是个很好的人，会画画，会法语，比我大许多岁……"

她想起往事来了，迷惘地望着绿色的灯罩，接着说：

"也不是无缘无故，我梦想的是更伟大的事情，我没有准备好。谢冰心说过，她最烦的是《红楼梦》，整天姐姐妹妹，哭天抹泪。不，这与文学史与文学评论不是一回事，冰心有她的时代与个性。我其实也是差不多，我不喜欢《西厢记》的腔调、《牡丹亭》的堆砌、《罗密欧与朱丽叶》的闹腾，不希望爱情来得这样简单，直不棱登。我渴望的是对自己的要求，那时我刚刚参加民族解放先锋队，国家在苦难中。也许，许多时候，许多个姑娘，除了拒绝第一个追求她的人，不能有别的办法吧？日寇长驱直入，你这个时候恋什么爱！也许以后就是以后了。"

她凌乱地说着许多"也许"。我懂了，生活里还有许多也许，当你碰到困惑和艰难的时候，你就想想苏格拉底、柏拉图、亚里士多德，直至车尔尼雪夫斯基他们的追求吧。

银波同志走近我，摸着我的头，又一次说"小鬼大了"。然后，她说："你很好，你是个好的党员，可惜有点多愁善感，也许你太文学了，心不仅要像火一样热烈，还要像钢一样坚强。人生的道路上，你还会碰到许多事，应该非常乐观，非常男子气地对待。别害怕不顺利，不顺利使人坚强，刺激人鼓起最大的力量。当然，一切对于你来说，还在未来，你要准备未来，你要创造未来，你要赢得未来……不能让未来的也许是十分伟大的可能性从你的指缝里溜走。"

银波的话使我有点不好意思，从银波的房子里走出来，我好像真的有力多了。个人生活的事情，应该已经不能震撼我。我会跨过它们，我知道生活中，最美的是最初的念想。无论遭到了什么，失去的总是没有得到的多，我已经了解了一些事了，再也不是小孩子了。

回到办公室，拉开灯，拿出各校团组织的工作总结和计划，自言自语地责备自己，工作荒废得够多的了，然后专心致志，一篇一篇地看这些材料，把意见和疑问记录在工作笔记上。

结 语

　　初恋是珍惜的文物吗？放了一年又一年，呵护了十载又十载，仍不古董，却是新章。初恋是少共CY的成长，是真正的成人节，是更透更彻的而立之年。初恋是海平线上出现的一艘舟船，非雾非云，若隐若现。初恋是第一次高歌，无谱无弦，无伴奏无轻弹，催人泪下，令人无眠。初恋是冲动，是洗礼，是净化，是远离腐恶轻薄的誓言，是决心保证，永远忠诚与贡献，责任与自律、自爱与爱怜。初恋是精神的提升，初恋是朝霞和旭日，是一阵风？是一声"八九"节气带来春光信息的雁唳。初恋是爱的培育，爱的发芽，爱的生根，爱的世界，奠基兴建。

　　初恋是永远的温习，回味，从最初到最后，从啼哭到哀乐，从做梦到惊醒，从笑笑到酸苦，从泪迹到光照安息。初恋不会遗失，初恋不会失联，初恋不会淡漠，初恋永远陪伴。

成是初恋，不成也仍然是初恋永远。再见了，我的初恋，不会再见了，也是初恋，就算是忘了吧？忘了什么呢？忘的不是别的，只是初恋。

初恋热气腾腾，温柔缱绻，兴高采烈，枝叶纷披，攀缘提升，登峰望远，好云好雨，好人好心，好的故事，好的纪念。

在抬头不见低头见的时候，说过"再见"。再见不是告别，是等待重逢，"你好""早安""别来无恙""同干一杯吧，我的不幸的青春时代的好友"（普希金），欢呼：你丝毫也没有变，"从前这样，现在还是这样！"（苏联电影插曲）

在混乱的箱箧之中，在未知的颠簸飘摇里外，在已经有了许多个告别与痛哭的经验之后，七十年忆龄存货，依然活泼生动，仍然就在眼前。

初恋是一个声音，是电话里的慰安，初恋里还有许多打电话的故事，有些许的私密，下次，等我有了机缘，再专门写给文学的期刊。

特别是，尤其是，在苏联人说是俄罗斯波波夫、意大利人说是意大利马可尼、英国人说是英国亚历山大·贝尔，而美国国会二〇〇二年六月十五日做出 269 号决议、确认是美国人安东尼奥·穆奇发明了的电话里，稿纸上的主人公相信，仍然会一次次响起你的声音。你的声音在电话里是如此动人，温存，沉稳，不无矜持，略有犹豫，欲说还休，谛听敬肃，心语耳语，有声无声。你的声音在电话里得到了完美无瑕神奇与熨帖的表现。

我想，电话机里的声音的混响，声响的后浪前浪，抵御了战胜了一切的胆怯畏惧试炼袭击磨难。

一只小鹰在天上飞翔，又一只小鹰飞翔，两只小鹰颉颃，小鹰成双，小鹰分开了，再见，不是两两，不再成对成双，仍是一只加一只小鹰飞翔……

一只小鱼在水里游航，又一只小鱼在水里游航，两只小鱼游航，两只小鱼成双，小鱼徜徉，小鱼分别了，再见，不是两两，不再成对成双，也还是一只加一只，在那里游航。

必然，飞跃，成长，有人惦记，有人占据你的前心后心、左脑右脑，有人得到你的赞美追求和欣赏，有人逼迫你变得更好一点更美善光亮。于是，一江春水泛来，却尚未成渠，水到渠未成，成就的是一片生机，一片汪洋，草色遥看近却无，春花秋月永无了，花事无边风光好。

一声咏叹，又一声咏叹，二重唱，小合唱，美声，南梆子，保护了战斗的号角；有掩护的开火，有冲锋的炸药包，有卧倒也有奋起，有礼赞，有微笑，有柏拉图的理性，马克思的科学社会主义，也有文学的多姿，更有狙击手的十环连击，百发百中⋯⋯

韶光应是最童真，朝日彩云万物新，
陶然最乐汗滴土，倜傥应推歌入云。
风寒苦斗贪污犯，日暖欢拥生动春，
涤荡污泥与浊水，花红柳绿更欣欣。

天真孩子稚无眠，热烈青春诗畅酣，
革命党人期大任，太平百姓盼丰年。
轻声且问卿心曲，或愿携行我梦圆？
未敢轻说诚有幸，与君然诺重如山！

几个月后，我想念，我相信，我觉得，我似乎，终于接到她的电话了。有说，其实电话机也是爱迪生发明的，好的，爱得死发明了它？迪迪生也随它去，它值得欢呼赞美。从前，对于爱情最重要的是书信，是旧手帕上题诗，贾宝玉。后来就是电话了。现在是微信。爱情不应该林黛玉那样艰难，也不应该微信表情那样便捷轻率。最好的亲近的随时的声音，传递在爱谁谁发明的德律风——telephone——电话机里。

我总坚信记得，你说呢？她在电话中说过：她已经被邀请，九月二十三日凌晨一时三十分，她要上天安门观礼台，参观本年国庆阅兵的预演，包括礼花、礼炮、焰火。她们的集合时间是九月二十二日，二十三点十五分。

我在区里工作，我知道得更多，我知道此后还有第二次预演，还要加上各界群众游行的彩排。不巧的是，我的参观票是二十七日凌晨的，我说。二十三日的预演，观众里没有我，我预祝她看得满意。

在电话里，她笑了，咯咯咯咯。

一！二！三！四！

从前的影像

1950 ～ 1957

1950年5月，16岁的王蒙已经是一位有着两年党龄的团干部，在中央团校学习期满后，分配至北京市第三区（后来改为东四区）团委任干事，主要负责几个中学的团的工作。1956年年底调至四机部有线电厂，任团委副书记。

王蒙在中央团校学习期间与同学们的合影。摄于1950年

二十世纪五十年代初，正值新中国翻天覆地、凯歌高奏的年代，年轻的资深布尔什维克王蒙同他的伙伴们一起全身心地投入到建设新中国的宏伟事业中，同时也畅饮着生活与艺术的琼浆……在此社会背景与精神风貌下，王蒙热切地想要记录下他所置身的时代与生活，留住青春。1953年至1956年，王蒙创作了其文学生涯早期最重要的作品：长篇小说《青春万岁》，短篇小说《小豆儿》《初恋》《组织部来了个年轻人》。

1951年担任北京市东四区团干部时的王蒙

1951年建军节，少先队员与解放军战斗英雄联欢（选自《中国少先队五十年》）

1952年北京某区委机关驻地（选自《百年崇文图鉴》）

新中国成立后，炼钢厂的青年团员为恢复生产忘我劳动的场景（选自《中国共青团七十年》）

《我们要和时间赛跑》曲谱，刊登于《人民日报》1952年9月14日第三版

初　恋

三蒙

1951年．12月23日．（星期日）晴

　　真快有一个星期，光荣啊，12大同，现况和1951年快要过去了。时间如流，小心自己不要落在时间的后面呵。到了冬天，到了新年前，我决然起誓，白白的，可是的事事做像等也今在平平静像；而是今晨，窗听听的来得晚，等我等起了睡下呢。

　　到了1952年，我就满18岁了。的确，年令有它的奇强，似从来没有象现在这样地感觉到，似乎确大了，似乎真是个青春才放的小伙了。似有多少才是，又有多少的轻呵。从前，我为自己年令小而害怕，似像一棵小树，没有意当把状摆放到队伍里去叭，住着不会让得了似的记忆。当光新郁们惊愕地打量似乎且和似的岁数的时候，当别人密切秘做，"因也常年确了个小孩了"的时候，才我不敢年轻嘛且我党员的会议（似入党三年多了），岁数不认，还轻不了的时候，我就恨给自己为什么似小，如果似大，我可以妨参加更多的了情呀。现在啊，我不再象过去，但有人怀疑我不足20多岁，也少的核习秘呼呼我作"老列同志，工作里，似已经有失意轻静勃旦了。平来似，平来工作名像做三

1955年前后，在创作修改《青春万岁》的同时，王蒙插空写下了《组织部来了个年轻人》与《初恋》。"从前的真实日记，写在三十二开横线笔记本上。在《组织部来了个年轻人》轩然大波之时，我写下了孪生的《初恋》。"这篇日记体爱情小说当时未能发表，手稿在大半个世纪后的2021年被作者发现，泛黄变脆的纸张上炽热的初心，依然鲜活。八十六岁的王蒙面对二十出头时写下的十八岁恋情，心潮激荡，提笔在原稿中穿插写下心曲，是与从前的对话，也是导读，旧篇添新章，构成了《从前的初恋》。下图中的音乐堂、电影院、金鳌玉蝀桥、雪中长街是小说主人公活动的场所，同样留下过作者青春的脚印。

二十世纪五十年代的中山公园音乐堂还是一个露天剧场

昔日的金鳌玉蝀桥，即现在的北海大桥

二十世纪五十年代中期的雪后长安街

二十世纪五十年代中期的交道口电影院

2022年4月，《人民文学》头题发表了《从前的初恋》，主编施战军先生在卷首语中写道："《从前的初恋》是一部清新、赤诚、纯真又深情、宽宏、高妙的中篇小说，无疑将是有关王蒙和当代文学的新的重要的研究文本。……《从前的初恋》的内容主体是那时的日记，自然实在地饱含着《组织部来了个年轻人》里被克制的部分——爱感叙事……作品中记述的是十八岁上下情窦初开的春意，抒发衷肠之温热，表达倾心之美好，坦陈选择之惆怅，当然也不失事业与恋情之分寸。"

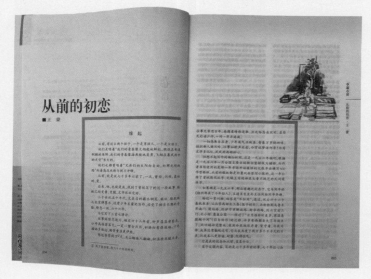

年轻的王蒙幸运地拥有一台留声机，他曾写道："音乐是我的生命的一部分，我的作品的一部分。""没有音乐的生活是不完全的生活，一个不爱音乐的人也算不上完全的爱着生活。"《从前的初恋》中，刘夏在凌蕊园的歌声中，感受到了她内在的激情；《组织部来了个年轻人》中，林震和赵慧文一起听《意大利随想曲》，体会到音乐与心灵相通的奇妙；第一次写长篇，为《青春万岁》的结构发愁的王蒙，在当时的中苏友协文化馆听了一次唱片音乐会，大受启发，从交响乐中悟到了"天马行空百川入海"的小说结构方法。

王蒙与他的留声机。摄于1955年

1956年秋，《组织部来了个年轻人》被更名为《组织部新来的青年人》，发表在《人民文学》1956年第9期，引发了巨大关注与争议。《人民日报》《文艺报》《中国青年报》《光明日报》《北京日报》《文汇报》等颇具影响力的报刊纷纷发表评论文章。同年，《组织部新来的青年人》入选中国作家协会选编的1956年度《短篇小说选》。

1956年度《短篇小说选》书封

首次刊发《组织部新来的青年人》的《人民文学》1956年第9期封面及内页

《组织部新来的青年人》中年轻的主人公林震，衣袋里装着苏联小说《拖拉机站站长和总农艺师》，满怀着"对坏事绝不容忍"的信念来到组织部报到。当时，"按娜斯嘉的方式生活！"是进步青年们追求的目标。《组织部新来的青年人》在社会上引起强烈反响后，人们发出"林震是我们的榜样"的呼声。多年后，王蒙先生在其自传中写道："五五或者五六年，团中央发出号召，要全国青年与团员学习苏联女作家尼古拉耶娃的中篇小说《拖拉机站站长和总农艺师》，此书描写一个刚刚走向生活的女农业技术人员娜斯嘉，由于不妥协地与一切阴暗现象作斗争，而改变了大局……世事人情都告诉我，娜斯嘉的故事恐怕是廉价的乌托邦。但是娜斯嘉式的天真、热情与理想主义，对于我，一个二十一岁的团干部，一个初出茅庐的青年作者来说，仍然颇有魅力。"

五十年代初期流行的苏联小说《拖拉机站站长和总农艺师》书封

因收到大量读者来信来稿,《文艺学习》辟出专刊讨论《组织部新来的青年人》。编者按中写道:"这篇作品引起了很强烈的反应,在某些机关和学校里,人们在饭桌上、在寝室里都纷纷交换着各种不同的意见,有人认为它是一篇好作品,也有人认为它是不健康的、歪曲现实的。本刊决定就这篇作品展开一次讨论……"这次大讨论从1956年12月持续到1957年3月,连续举办了四期,共发表了27篇文章。

《文艺学习》1956年第12期封面与内页

《文艺学习》1957年第1期封面与内页

《组织部新来的青年人》引发的争议惊动了毛泽东主席。在1957年2月至4月的两个月时间内，毛主席绝无仅有地在不同场合至少五次谈到这篇小说。他对年轻作者的锐气与文才颇为赞赏，肯定了这篇带有反官僚主义色彩的作品，也指出了小说的不足。这些谈话部分收录于《毛泽东文集》中《同文艺界代表的谈话》一文。

人民出版社1999年出版的《毛泽东文集》第七卷封面及内页

《文艺学习》1957年第2期和第3期封面与内页

1957年年底，反右斗争后期，王蒙被划为右派遭受批判，后在北京郊区参加体力劳动。已经排好版的《青春万岁》未能付印，直到25年后的1979年，才由人民文学出版社出版。

《青春万岁》《组织部来了个年轻人》《从前的初恋》构成了王蒙"青春万岁系列"，它们"互通互生互补互证同胎同孕异趣"，活化了那个时代的精神与风貌，并超越时代，成为永远的时尚、不朽的经典。

《青春万岁》初版封面

被划为右派后的王蒙。摄于1957年底

说明：本书图片部分由王蒙先生、温奉桥先生提供，部分选自报刊书籍及网络。个别老照片的拍摄者无从联系，如有版权问题请联系作家出版社总编室。图片说明文字参考了《王蒙自传》、《毛泽东五谈王蒙〈组织部新来的青年人〉》(崔建飞)等书籍文章。

□□组织部来了个年轻人□□

组织部来了个年轻人

一

　　三月，天空中纷洒着的似雨似雪。三轮车在区委会门口停住，一个年轻人跳下来。车夫看了看门口挂着的大牌子，客气地对乘客说："您到这儿来，我不收钱。"传达室的工人、复员荣军老吕微跛着脚走出，问明了那年轻人的来历后，连忙帮他搬下微湿的行李，又去把组织部的秘书赵慧文叫出来。赵慧文紧握着年轻人的两只手说："我们等你好久了。"这个叫林震的年轻人，在小学教师支部的时候就与赵慧文认识。她的苍白而美丽的脸上，两只大眼睛闪着友善亲切的光亮，只是下眼皮上有着因疲倦而现出来的青色。她带林震到男宿舍，把行李放好、解开，把湿了的毡子晾上，再铺被褥。在她料理这些事情的时候，常常撩一撩自己的头发，正像那些能干而漂亮的女同志们一样。

她说："我们等了你好久，半年前就要调你来，区人民委员会文教科死也不同意，后来区委书记直接找区长要人，又和教育局人事室吵了一回，这才把你调了来。"

"可我前天才知道。"林震说，"听说调我到区委会，真不知怎么好。咱们区委会尽干什么呀？"

"什么都干。"

"组织部呢？"

"组织部就做组织工作。"

"工作忙不忙？"

"有时候忙，有时候不忙。"

赵慧文端详着林震的床铺，摇摇头，大姐姐似的不以为然地说："小伙子，真不讲卫生。瞧那枕头布，已经由白变黑；被头呢，吸饱了你脖子上的油；还有床单，那么多褶子，简直成了泡泡纱……"

林震觉得，他一走进区委会的门，他的新的生活刚一开始，就碰到了一个很亲切的人。他带着一种节日的兴奋心情跑着到组织部第一副部长的办公室去报到。副部长有一个古怪的名字：刘世吾。在林震心跳着敲门的时候，他正仰着脸衔着烟考虑组织部的工作规划。他热情而得体地接待林震，让林震坐在沙发上，自己坐在办公桌边，推一推玻璃板上摞得高高的文件，从容地问：

"怎么样？"他的左眼微眯，右手弹着烟灰。

"支部书记通知我后天搬来，我在学校已经没事，今天就来了。叫我到组织部工作，我怕干不了，我是个新党员，过去当小学教师，小学教师的工作与党的组织工作有些不同……"

林震说着他早已准备好的话，说得很不自然，正像小学生第一次见老师一样。于是他感到这间屋子很热。三月中旬，冬天就要过去，屋里还生着火，玻璃上的霜花融解成一条条的污道子。他的额头沁出了汗珠，他想掏出手绢擦擦，在衣袋里摸索了半天没有找到。

刘世吾机械地点着头，看也不看地从那一大摞文件中抽出一个牛皮纸袋，打开纸袋，拿出林震的党员登记表，锐利的眼光迅速掠过，宽阔的前额下出现了密密的皱纹。他闭了一下眼，手扶着椅子背站起来，披着的棉袄从肩头滑落了，他用熟练的毫不费力的声调说：

"好，好，好极了，组织部正缺干部，你来得好。不，我们的工作并不难做，学习学习就会做的，就那么回事。而且，你原来在下边工作得……相当不错嘛，是不是不错？"

林震觉得这种称赞似乎有某种嘲笑意味，他惶恐地摇头："我工作做得并不好……"

刘世吾的不太整洁的脸上现出隐约的笑容，他的眼光聪敏地闪动着，继续说："当然也可能有困难，可能。这是个了不起的工作。中央的一位同志说过，组织工作是给党管家的，如果家管不好，党就没有力量。"然后他不等问就加以解释："管什么家呢？发展党和巩固党，壮大党的组织和增强党组织的战斗力，把党的生活建立在集体领导、批评和自我批评与密切联系群众的基础上。这些做好了，党组织就是坚强的、活泼的、有战斗力的，就足以团结和指引群众，完成和更好地完成社会主义建设与社会主义改造的各项任务……"

他每说一句话，都干咳一下，但说到那些惯用语的时候，快得像说一个字。譬如他说"把党的生活建立在……上"，听起来就像"把生活建在登登登上"，他纯熟地驾驭那些林震觉得相当深奥的概念，像拨弄算盘珠子一样灵活。林震集中最大的注意力，仍然不能把他讲的话全部把握住。

接着，刘世吾给他分配了工作。

当林震推门要走的时候。刘世吾又叫住他，用另一种全然不同的随意神情问：

"怎么样，小林，有对象了没有？"

"没……"林震的脸刷地红了。

"大小伙子还红脸？"刘世吾大笑了，"才二十二岁，不忙。"他又问："口袋里装着什么书？"

林震拿出书，说出书名："《拖拉机站站长和总农艺师》。"

刘世吾拿过书去，从中间打开看了几行，问："这是他们团中央推荐给你们青年看的吧？"

林震点头。

"借我看看。"

"您还能有时间看小说吗？"林震看着副部长桌

上的大摞材料，惊异了。

刘世吾用手托了托书，试了试分量，微眯着左眼说："怎么样？这么一薄本有半个夜车就开完啦。四本《静静的顿河》我只看了一个星期，就那么回事。"

当林震走向组织部大办公室的时候，天已经放晴，残留的几片云现出了亮晶晶的边缘，太阳照亮了区委会的大院子。人们都在忙碌：一个穿军服的同志夹着皮包匆匆走过，传达室的老吕提着两个大铁壶给会议室送茶水，可以听见一个女同志顽强地对着电话机子说："不行，最迟明天早上！不行……"还可以听见忽快忽慢的哐哧哐哧声——是一只生疏的手使用着打字机，"她也和我一样，是新调来的吧？"林震不知凭什么理由，猜打字员一定是个女的。他在走廊上站了一站，望着耀眼的区委会的院子，高兴自己新生活的开始。

二

组织部的干部算上林震一共二十四个人，其中三个人临时调到肃反办公室去了，一个人半日工作准备考大学，一个人请产假，能按时工作的只剩下十九个人。四个人做干部工作，十五个人按工厂、机关、学校分工管理建党工作，林震被分配与工厂支部联系组织发展工作。

组织部部长由区委副书记李宗秦兼任，他并不常过问组织部的事，实际工作是由第一副部长刘世吾掌握，另一个副部长负责干部工作。具体指导林震工作的是工厂建党组组长韩常新。

韩常新的风度与刘世吾迥然不同。他二十七岁，穿蓝色海军呢制服，干净得抖都抖不下土。他有高大的身材，配着英武的只因为粉刺太多而略有瑕疵的脸。他拍着林震的肩膀，用嘹亮的嗓音讲解工作，不时发出豪放的笑声，使林震想："他比领导干部还像领导干部。"特别是第二天韩常新与一个支部的组织委员的谈话，加强了他给林震的这种印象。

"为什么你们只谈了半小时？我在电话里告诉你，至少要用两小时讨论发展计划！"

那个组织委员说："这个月生产任务太忙……"

韩常新打断了他的话，富有教训意味地说："生产任务忙就不认真研究发展工作了？这是把中心工作与经常工作对立起来，也是党不管党的一种表现……"

林震弄不明白什么叫"中心工作与经常工作对立起来"和"党不管党"，他熟悉的是另外一类名词："课堂五环节"与"直观教具"。他很钦佩韩常新的这种气魄与能力——迅速地提到原则上分析问题和指示别人。

他转过头，看见正伏在桌上复写材料的赵慧文。她皱着眉怀疑地看一看韩常新，然后扶正头上的假琥珀发卡，用微带忧郁的目光看向窗外。

晚上，有的干部去参加基层支部的组织生活，有的休息了，赵慧文仍然赶着复写"税务分局培养、提拔干部的经验"，累了一天，手腕酸疼，在写的中间不时撂下笔，摇摇手，往手上吹口气。林震自告奋勇来帮忙，她拒绝了，说："你抄，我不放心。"于是林震帮她把抄过的美浓纸叠整齐，站在她身旁，起一点精神支援作用。她一边抄，一边时不时抬头看林震，林震问："干吗老看我？"赵慧文咬了一下复写笔，笑了笑。

三

　　林震是一九五三年秋天由师范学校毕业的，当时是候补党员，被分配到这个区的中心小学当教员。当了教师的他，仍然保持中学生的生活习惯：清晨练哑铃，夜晚记日记，每个大节日——五一、七一、十一——之前到处征求人们对他的意见。曾经有人预言，过不了三个月他就会被那些生活不规律的成年人"同化"。但不久以后，许多教师夸奖他也羡慕他了，说："这孩子无忧无虑，无牵无挂，除了工作，就是工作……"

　　他也没有辜负这种羡慕，一九五四年寒假，由于教学上的成绩，他受到了教育局的奖励。

　　人们也许以为，这位年轻的教师就会这样平稳地、满足而快乐地度过自己的青年时代。但是不，孩子般单纯的林震，也有自己的心事。

　　一年以后，他经常焦灼地鞭策自己。是因为社会主义高潮的推动、全国青年社会主义积极分子会议的召开，还是因为年龄的增长？

　　他已经二十二岁了，记得在初中一年级时写过一篇作文，题目是《当我××岁的时候》，他写成《当我二十二岁的时候，我要……》。现在二十二岁，他的生命史上好像还是白纸，没有功勋，没有创造，没有冒险，也没有爱情——连给某个姑娘写一封信的事都没做过。他努力工作，但是他做得少、慢、差。和青年积极分子们比较，和生活的飞奔比较，难道能安慰自己吗？他订规划，学这学那，做这做那，他要一日千里！

这时，接到调动工作的通知。"当我二十二岁的时候，我成了党的工作者……"也许真正的生活在这里开始了？他抑制住对小学教育工作和孩子们的依恋，燃烧起对新的工作的渴望。支部书记和他谈话的那个晚上，他想了一夜。

就这样，林震口袋里装着《拖拉机站站长和总农艺师》，兴高采烈地登上区委会的台阶。他对党的工作者（他是根据电影里全能的党委书记的形象来猜测他们的）的生活，充满了神圣的憧憬。但是，等他接触到那些忙碌而自信的领导同志、看到来往的文件和同时举行的会议、听到那些尖锐争吵与高深的分析，他眨眨那有些特别的淡褐色眼珠的眼睛，心里有点怯……

到区委会的第四天，林震去通华麻袋厂了解第一季度发展党员工作的情况。去以前，他看了有关的文件和名叫《怎样进行调查研究》的小册子，再三地请教了韩常新，他密密麻麻地写了一篇提纲，然后飞快地骑着新领到的自行车，向麻袋厂驶去。

工厂门口的警卫同志听说他是区委会的干部，没要他签名，信任地请他进去了。穿过一个大空场，走过一片放麻的露天货场与机器隆隆响的厂房，他心神不安地去敲厂长兼支部书记王清泉办公室的门。得到了里面"进来"的回答后，他慢慢地走进去，怕走快了显得没有经验。他看见一个阔脸、粗脖子、身材矮小的男人正与一个头发上抹了许多油的驼背的男人下棋。小个子的同志抬起头，右手玩着棋子，问清了林震找谁以后，不耐烦地挥一挥手："你去西跨院党支部办公室找魏鹤鸣，他是组织委员。"然后低下头继续下棋。

林震找着了红脸的魏鹤鸣，开始按提纲发问了："一九五六年第一季度，你们发展了几个人？"

"一个半。"魏鹤鸣粗声粗气地说。

"什么叫'半'？"

"有一个通过了，区委拖了两个多月还没有批下来。"

林震掏出笔记本记了下来。又问：

"发展工作是怎么样进行的，有什么经验？"

"进行过程和向来一样——和党章的规定一样。"

林震看了看对方，为什么他说出的话像搁了一个星期的窝窝头一样干巴？魏鹤鸣托着腮，眼睛看着别处，心里也像在想别的事。

林震又问："发展工作的成绩怎么样？"

魏鹤鸣答："刚才说过了，就是那些。"他好像应付似的希望快点谈完。

林震不知道应该再问什么了。预备了一下午的提纲，和人家只谈上五分钟就用完了，他很窘。

这时门被一只有力的手推开了，那个小个子的同志进来，匆匆忙忙地问魏鹤鸣："来信的事你知道吗？"

魏鹤鸣无精打采地点了点头。

小个子的同志来回踱着步子，然后撇开腿站在房中央："你们要想办法！质量问题去年就提出来了，为什么还等着合同单位给纺织工业部写信？在社会主义高潮当中我们的生产迟迟不能提高，这是耻辱！"

魏鹤鸣冷冷地看着小个子的脸，用颤抖的声音问："您说谁？"

"我说你们大家！"小个子手一挥，把林震也包括在里面了。

魏鹤鸣因为抑制着的愤怒的爆发而显得可怕，他的红脸更红了，他站起来问："那么您呢？您不负责任？"

"我当然负责。"小个子的同志却平静了，"对于上级，我负责，他们怎么处分我，我也接受。对于我，你得负责，谁让你是生产科长呢？你得小心……"说完，他威胁地看了魏鹤鸣一眼，走了。

魏鹤鸣坐下，把棉袄的扣子全解开了，喘着气。林震问："他是谁？"魏鹤鸣讽刺地说："你不认识？他就是厂长王清泉。"

于是魏鹤鸣向林震详细地谈起了王清泉的情况。王清泉原来在中央某部工作，因为在男女关系上犯错误受了处分，一九五一年调到这个厂子当副厂长，一九五三年厂长调走，他就被提拔成厂长。他一向是吃饱了转一转，躲在办公室批批文件下下棋，然后每月在工会大会、党支部大会、团总支大会上讲话，批评工人群众竞赛没搞好，对质量不关心，有经济主义思想……魏鹤鸣没说完，王清泉又推门进来了。他看着左腕上的表，下令说："今天中午十二点十分，你通知党、团、工会和行政各科室的负责人到厂长室开会。"然后把门砰地一带，走了。

魏鹤鸣嘟哝着："你看他怎么样？"

林震说："你别光发牢骚，你批评他，也可以向上级反映。上级绝不允许有这样的厂长。"

魏鹤鸣笑了，问林震："老林同志，你是新来的吧？"

"老林"同志脸红了。

魏鹤鸣说："批评不动！他根本不参加党的会议，你上哪儿批评去？偶尔参加一次，你提意见，他说：'提意见是好的，不过应该掌握分寸，也应该看时间、场合。现在，我们不应该因为个人意见侵占党支部讨论国家任务的宝贵时间。'好，不占用宝贵时间，我找他个别提，于是我们俩吵成了现在这个样子。"

"向上级反映呢？"

"一九五四年我给纺织工业部和区委写了信，部里一位张同志与你们那儿的老韩同志下来检查了一回。检查结果是：'官僚主义较严重，但主要是作风问题。任务基本上完成了，只是完成任务的方法有缺点。'然后找王清泉'批评'了一下，又鼓励了一下我开展自下而上的批评的精神，就完事了。此后，王厂长有一个来月对工作比较认真，不久他得了肾病，病好以后他说自己是'因劳致疾'，就又成了这个样子。"

"你再反映呀！"

"哼，后来与韩常新也不知说过多少次，老韩也不搭理，反倒向我进行教育说，应该尊重领导，加强团结。也许我不该这样想，但我觉得，也许要等到王厂长贪污了人民币或者强奸了妇女，上级才会重视起来！"

林震出了厂子再骑上自行车的时候，车轮旋转的速度就慢多了。他深深地把眉头皱了起来，他发现他的工作的第一步就有重重的困难，但他也受到一种刺激，甚至是激励——这正是发挥战斗精神的时候啊！他想着想着，直到因为车子溜进了急行线而受到交通民警的申斥。

四

吃完午饭，林震迫不及待地找韩常新汇报情况。韩常新有些疲倦地靠着沙发背，高大的身体显得笨重，从身上掏出火柴盒，拿起一根火柴剔牙。

林震杂乱地叙述他去麻袋厂的见闻，韩常新脚尖打着地不住地说："是的，我知道。"然后他拍一拍林震的肩膀，愉快地说："情况没了解上来不要紧，第一次下去嘛，下次就好了。"

林震说："可是我了解了关于王清泉的情况。"他把笔记本打开。

韩常新把他的笔记本合上，告诉他："对，这个情况我早知道。前年区委让我处理过这个事情，我严厉地批评过他，指出他的缺点和危险性，我们谈了至少有三四个钟头……"

"可是并没有效果呀，魏鹤鸣说他只好了一个月……"林震插嘴说。

"一个月也是效果，而且绝不止一个月。魏鹤鸣那个人思想上有问题，见人就告厂长的状……"

"他告的状是不是真的？"

"很难说不真，也很难说全真。当然这个问题是应该解决的，我和区委副书记李宗秦同志谈过。"

"副书记的意见是什么？"

"副书记同意我的意见，王清泉的问题是应该解决也是可能解决的……不过，你不要一下子就陷到这里边去。"

"我？"

"是的。你第一次去一个工厂，全面情况也不了解，你的任务又不是去解决王清泉的问题。而且，直爽地说，解决他的问题也需要更有经验的干部，何况我们并不是没有管过这件事……你要是一下子陷到这个里头，三个月也出不来，第一季度的建党总结还了解不了解？上级正催我们交汇报呢！"

林震说不出话。

韩常新又拍拍林震的肩膀："不要急躁嘛！咱

们区三千个党员，百十个支部，你一来就什么问题都摸还行？"他打了个哈欠，有倦意的脸上的粉刺涨红了，"啊——哈，该睡午觉了。"

"那，发展工作怎么再去了解？"林震没有办法地问。

韩常新又去拍林震的肩膀，林震不由得躲开了。韩常新有把握地说："明天咱们俩一起去，我帮你去了解，好不好？"然后他拉着林震一同到宿舍去。

第二天，林震很有兴趣地观察韩常新如何了解情况。三年前，林震在北京师范上学的时候，出去当过见习教师，老教师在前面讲，林震和学生一起听，学了不少东西。这次，他也抱着见习的态度，打开笔记本，准备把韩常新的工作过程详细记录下来。

韩常新问魏鹤鸣："发展了几个党员？"

"一个半。"

"不是一个半，是两个，我是检查你们的发展情况，不是检查区委批没批。"韩常新纠正他。又问："这两个人本季度生产计划完成得怎么样？"

"很好，他们一个超额百分之七，一个超额百分之四，厂里黑板报还表扬……"

谈起生产情况，魏鹤鸣似乎起劲了些，但是韩常新打断了他的话："他们有些什么缺点？"

魏鹤鸣想了半天，空空洞洞地说了些缺点。

韩常新叫他给所举的缺点提一些例子。

提完例子，韩常新再问他党的积极分子完成本季度生产任务的情况，他特别感兴趣的是一些数字和具体事例，至于这些先进的工人克服困难、钻研创造的过程，他听都不要听。

回来以后，韩常新用流利的行书示范地写了一个"麻袋厂发展工作简况"，内容是这样的：

……本季度（一九五六年一月至三月）麻袋厂支部基本上贯彻了积极慎重发展新党员的方针，在建党工作上取得了一定的成绩。新通过的党员朱××与范××受到了共产党员的光荣称号的鼓舞，增强了主人翁的观念，在第一季度繁重的生产任务中各超额百分之七、百分之四。广大积极分子围绕在支部周围，受到了朱××与范××模范事例的教育，并为争取入党的决心所推动，发挥了劳动的积极性与创造性，良好地完成或者超额完成了第一季度的生产任务（下面是一系列数字与具体事例）。这说明：一、建党工作不仅与生产工作不会发生矛盾，而且大大推动了生产，任何借口生产忙而忽视建党工作的做法是错误的。二、……但同时必须指出，麻袋厂支部的建党工作，也仍然存在着一定的缺点……例如……

林震把写着"简况"的片艳纸①捧在手里看了又看。有一刹那，他甚至于怀疑自己去没去过麻袋厂，怀疑自己上次与韩常新同去时睡着了，为什么许多情况他根本不记得呢？他迷惑地问韩常新：

"这，这是根据什么写的？"

"根据那天魏鹤鸣的汇报呀！"

"他们在生产上取得的成绩是因为建党工作么？"林震口吃起来。

韩常新抖一抖裤脚，说："当然。"

"不吧？上次魏鹤鸣并没有这样讲。他们的生

_____

① 片艳纸：一种廉价的薄纸，适宜复写使用。

产提高了，也可能是由于开展竞赛，也许由于青年团建立了监督岗，未必是建党工作的成绩……"

"当然，我不否认。各种因素是统一起来的，不能形而上学地割裂地分析这是甲项工作的成绩，那是乙项工作的成绩。"

"那，譬如我们写第一季度的捕鼠工作总结，是不是也可以用这些数字和事例呢？"

韩常新沉着地笑了，他笑林震不懂"行"，他说："那可以灵活掌握嘛……"

林震又抓住几个小问题问：

"你怎么知道他们的生产任务是繁重的呢？"

"难道现在会有一个工厂任务很清闲吗？"

林震目瞪口呆了。

五

初到区委会十天的生活，在林震头脑中积累起的印象与产生的问题，比他在小学待了两年的还多。区委会的工作是紧张而严肃的。在区委书记办公室，连日开会到深夜。从汉语拼音到预防大脑炎，从劳动保护到政治经济学讲座，无一不经过区委会的忠实的手。林震有一次去收发室取报纸，看见一份厚厚的材料，第一页上写着"区人民委员会党组关于调整公私合营工商业的分布、管理、经营方法及贯彻市委关于公私合营工商业工人工资问题的报告的请示"。他怀着敬畏的心情看着这份厚得像一本书的材料和它的长长的题目。有时，一眼望去，却又觉得区委干部们是随意而松懈的，他们在办公时间聊天，看报纸，大胆地拿林震认为最严肃的题目开玩笑，例如，青年监督岗开展工作，韩常新半嘲笑地说："嚯，小青年们，脑门子热起来啦……"林震参加的一次部务会议也很有意思，讨论市委布置的一个临时任务，大家抽着烟，说着笑话，打着岔，开了两个钟头，拖拖沓沓，没有什么结果。这时，皱着眉思索了好久的刘世吾提出了一个方案，大家马上热烈地展开了讨论，很多人发表了使林震惊佩的精彩意见。林震觉得，这最后的三十多分钟的讨论要比以前的两个钟头有效十倍。某些时候，譬如说夜里，各屋亮着灯：第一会议室，出席座谈会的胖胖的工商业者愉快地与统战部长交换意见；第二会议室，各单位的学习辅导员们为"价值"与"价格"的关系争得面红耳赤；组织部坐着等待入党谈话的激动的年轻人，而市委的某个严厉的书记出现在书记办公室，找区委正副书记汇报贯彻工资改革的情况……这时，人声嘈杂，人影交错，电话铃声断断续续，林震仿佛从中听到了本区生活的脉搏的跳动，而区委会这座不新的、平凡的院落，也变得辉煌壮观起来。

在一切印象中，最突出和新鲜的印象是关于刘世吾的：刘世吾工作极多，常常同一个时间好几个电话催他去开会，但他还是一会儿就看完了《拖拉机站站长和总农艺师》，把书转借给了韩常新。而且，他已经把前一个月公布的拼音文字草案学会了，开始在开会时用拼音文字做记录了。某些传阅文件刘世吾拿过来看看题目和结尾就签上名送走，也有的不到三千字的指示他看上一下午，密密麻麻地画上各种符号。刘世吾有时一面听韩常新汇报情况，一面漫不经心地查阅其他的材料，听着听着却突然指出："上次你汇报的情况不是这样！"韩常新不自然地笑了。刘世吾的眼睛捉摸不定地闪着光，但他并不深入追究，仍然查他的材料，于是韩常新恢复了常态，有声有色地汇报下去。

赵慧文与韩常新的关系也被林震看出了一些疑窦：韩常新对一切人都是拍着肩膀，称呼着"老王""小李"，亲热而随便。独独对赵慧文，却是一种礼貌的公事公办的态度。这样说话："赵慧文同志，党刊第一百零四期放在哪里？"而赵慧文也用顺从包含着警戒的神情对待他。

……四月，东风悄悄地刮起，不再被人喜爱的火炉蜷缩在阴暗的贮藏室，只有各房间熏黑了的屋顶还存留着严冬的痕迹。往年这个时候，林震就会带着活泼的孩子们去卧佛寺或者西山八大处踏青，在早开的桃李与混浊的溪水中寻找春天的消息。区委会的生活却不怎么受季节的影响，继续以那种紧张的节奏和复杂的色彩流转着。当林震从院里的垂柳上摘下一片多汁的嫩芽时，他稍微有点怅惘，因为春天来得那么快，而他，却没做出什么有意义的事情来迎接这个美妙的季节……

晚上九点钟，林震走进了刘世吾办公室的门。赵慧文正在这里，她穿着紫黑色的毛衣，脸儿在灯光下显得越发苍白。听到有人进来，她迅速地转过头来，林震仍然看见了她略略突出的颧骨上的泪迹。他回身要走，低着头吸烟的刘世吾做手势止住他："坐在这儿吧，我们就谈完了。"

林震坐在一角，远远地隔着灯光看报，刘世吾用烟卷在空中画着圆圈，诚恳地说：

"相信我的话吧，没错。年轻人都这样，最初互相美化，慢慢发现了缺点，就觉得都很平凡。不要有不切实际的要求，没有遗弃，没有虐待，没有发现他政治上、品质上的问题，怎么能说生活不下去呢？才四年嘛。你的许多想法是从苏联电影里学来的，实际上，就那么回事……"

赵慧文没说话，她撩一撩头发，临走的时候，对林震惨然地一笑。

刘世吾走到林震旁边，问："怎么样？"他丢下烟蒂，又掏出一支来点上火，紧接着贪婪地吸了几口，缓缓地吐着白烟，告诉林震："赵慧文跟她爱人又闹翻了……"接着，他开开窗户，一阵风吹掉了办公桌上的几张纸，传来了前院里散会以后人们的笑声、招呼声和自行车铃响。

刘世吾把只抽了几口的烟扔出去，伸了个懒腰，扶着窗户，低声说："真的是春天了呢！"

　　"我想谈谈来区委工作的情况，我有一些问题不知道怎么解决。"林震用一种坚决的神气说，同时把落在地上的纸页拾起来。

　　"对，很好。"刘世吾仍然靠着窗户框子。

　　林震从去麻袋厂说起："……我走到厂长室，正看见王清泉同志在……"

　　"下棋呢还是打扑克？"刘世吾微笑着问。

　　"您怎么知道？"林震惊骇了。

　　"他老兄什么时候干什么我都算得出来。"刘世吾慢慢地说，"这个老兄棋瘾很大，有一次在咱这儿开了半截会，他出去上厕所，半天不回来，我出去一找，原来他看见老吕和区委书记的儿子下棋，就在旁边支上着儿了。"

　　林震把魏鹤鸣对他的控告讲了一遍。

　　刘世吾关上窗户，拉一把椅子坐下，用两个手扶着膝头支持着身体，轻轻地摆动着头：

　　"魏鹤鸣是个直性子，他一来就和王清泉吵得面红耳赤……你知道，王清泉也是个特殊人物，不太简单。抗日胜利以后，王清泉被派到国民党军队里工作，他当过国民党军的副团长，是个呱呱叫的情报人员。一九四七年以后他与我们的联系中断，直到解放以后才接上线。他是去瓦解敌人的，但是他自己也染上国民党军官的一些习气，改不过来，其实是个英勇的老同志。"

"这样……"

"是啊。"刘世吾严肃地点点头，接着说，"当然，不能以这为他辩护，党是派他去战胜敌人而不是与敌人同流合污，所以他的错误是应该纠正的。"

"怎么解决呢？魏鹤鸣说，这个问题已经拖了好久。他到处写过信……"

"是啊。"刘世吾又干咳了一会儿，做着手势说，"现在下边支部里各类问题很多，你如果一一地用手工业的方法去解决，那是事倍功半的。而且，上级布置的任务追着屁股，完成这些任务已经感到很吃力。作为领导，必须掌握一种把个别问题与一般问题结合起来，把上级分配的任务与基层存在的问题结合起来的艺术。再者，王清泉工作不努力是事实，但还没有发展到消极怠工的地步，作风有些生硬，也不是什么违法乱纪。显然，这不是组织处理问题而是经常教育的问题。从各方面看，解决这个问题的时机目前还不成熟。"

林震沉默着，他判断不清究竟怎样对。是娜斯嘉①的"对坏事绝不容忍"对呢，还是刘世吾的"条件成熟论"对。他一想起王清泉那样的厂长就觉得难受，但是，他驳不倒刘世吾的"领导艺术"。刘世吾又告诉他："其实，有类似毛病的干部也不止一个……"这更加使得林震睁大了眼睛，觉得这跟他在小学时所听的党课的内容不是一个味儿。

后来，林震又把看到的韩常新如何了解情况与写简报的事说了说，他说，他觉得这样整理简报不太真实。

刘世吾大笑起来，说："老韩……这家伙……真高明……"笑完了，又长出一口气，告诉林震，"对，我把你的意见告诉他。"

林震犹豫着。刘世吾问："还有别的意见么？"

于是林震勇敢地提出："我不知道为什么，来

___

① 娜斯嘉：苏联作家尼古拉耶娃的中篇小说《拖拉机站站长和总农艺师》中的女主人公。

了区委会以后发现了许多许多缺点，过去我想象的党的领导机关不是这样……"

刘世吾把茶杯一放："当然，想象总是好的，实际呢，就那么回事。问题不在于有没有缺点，而在于什么是主导的。我们区委的工作，包括组织部的工作，成绩是基本的呢，还是缺点是基本的？显然成绩是基本的，缺点是前进中的缺点。我们伟大的事业，正是由这些有缺点的组织和党员完成着的。"

走出办公室以后，林震有一种奇怪的感觉：和刘世吾谈话似乎可以消食化气，而他自己的那些肯定的判断，明确的意见，却变得模糊不清了。他更加惶惑了。

六

不久，在党小组会上，林震受到了一次严厉的批评。

事情是这样：有一次，林震去麻袋厂，魏鹤鸣说，由于季度生产质量指标没有达到，王厂长狠狠地训了一回工人，工人意见很大，魏鹤鸣打算找些人开个座谈会，搜集意见，准备向上反映。林震很同意这种做法，以为这样也许能促进"条件的成熟"。过了三天，王清泉气急败坏地到区委会找副书记李宗秦，说魏鹤鸣在林震支持下搞小集团进行反领导的活动，还说参加魏鹤鸣主持的座谈会的工人都有历史问题，最后说自己请求辞职。李宗秦批评了他的一些缺点，同意制止魏鹤鸣再开座谈会，"至于林震，"他对王清泉说，"我们会给予应有的教育的"。

批评会上，韩常新分析道："林震同志没有和领导商量，擅自同意魏鹤鸣召集座谈会，这首先是一种无组织无纪律的行为……"

林震不服气，他说："没有请示领导，是我的错。但是我不明白为什么我们不但不去主动了解群众的意见，反而制止基层这样做。"

"谁说我们不了解？"韩常新跷起一只腿，"我们对麻袋厂的情况统统掌握……"

"掌握了而不去解决，这正是最痛心的！党章上规定着，我们党员应该向一切违反党的利益的现象做斗争……"林震的脸变青了。

富有经验的刘世吾开始发言了，他向来就专门能在一定的关头起扭转局面的作用。

　　"林震同志的工作热情不错，但是他刚来一个月就给组织部的干部讲党章，未免仓促了些。林震以为自己是支持自下而上的批评，是做一件漂亮事，他的动机当然是好的。不过，自下而上的批评必须有领导地去开展，譬如这回事，请林震同志想一想：第一，魏鹤鸣是不是对王清泉有个人成见呢？很难说没有。那么魏鹤鸣那样积极地去召集座谈会，可不可能有什么个人目的呢？我看不一定完全不可能。第二，参加会的人是不是有一些历史复杂别有用心的分子呢？这也应该考虑到。第三，开这样一个会，会不会在群众里造成一种王清泉快要挨整了的印象因而天下大乱了呢？等等。至于林震同志的思想情况，我愿意直爽地提出一个推测：年轻人容易把生活理想化，他以为生活应该怎样，便要求生活怎样。作为一个党的工作者，要多考虑的却是客观现实，是生活可能怎样。年轻人也容易过高估计自己，抱负甚多，一到新的工作岗位就想对缺点斗争一番，充当个娜斯嘉式的英雄。这是一种可贵的、可爱的想法，也是一种虚妄……"

林震像被打中了似的颤了一下，他紧咬住了下嘴唇。

他鼓起勇气再问："那么王清泉……"刘世吾把头一仰："我明天找他谈话，有原则性的并不仅是你一个人。"

七

星期六晚上，韩常新举行婚礼。林震走进礼堂，他不喜欢那弥漫的呛人的烟气和地上杂乱的糖果皮与空中杂乱的哄笑，没等婚礼开始他就退了出来。

组织部的办公室黑着，他拉开灯，看见自己桌上的信，是小学的同事们写来，其中还夹着孩子们用小手签了名的信：

林老师：您身体好吗？我们特别特别想您，女同学都哭了，后来就不哭了，后来我们做算术，题目特别特别难，我们费了半天劲，中于算出来了……

看着信，林震不禁独自笑起来了，他拿起笔把"中于"改成"终于"，准备在回信时告诉他们下次要避免别字。他仿佛看见了系蝴蝶结的李琳琳、爱画水彩画的刘小毛和常常爱把铅笔头含在嘴里的孟飞……他猛地把头从信纸上抬起来，看见的却是电话、吸墨纸和玻璃板。他所熟悉的孩子的世界和他的单纯的工作已经离他而去了，新的工作要复杂得多……他想起前天党小组会上人们对他的批评。难道自己真的错了？真的是莽撞和幼稚，再加几分年轻人的廉价的勇气？也许真的应该切实估量一下自己，把分内的事做好，过两年，等到自己"成熟"了以后再干预一切？

礼堂里传来爆发的掌声和笑声。

一只手落在肩上，他吃惊地回过头来，灯光显得刺眼，赵慧文没有声响地站在他的身边，女同志走路都有这种不声不响的本事。

赵慧文问："怎么不去玩？"

"我懒得去。你呢？"

"我该回家了。"赵慧文说，"到我家坐坐好吗？省得一个人在这儿想心事。"

"我没有心事。"林震分辩着，但他接受了赵慧文的好意。

赵慧文住在离区委会不远的一个小院落里。

孩子睡在浅蓝色的小床里，幸福地含着指头。赵慧文吻了儿子，拉林震到自己房间里来。

"他父亲不回来吗？"林震问。

赵慧文摇摇头。

这间卧室好像是布置得很仓促，墙壁因为空无一物而显得过分洁白，盆架孤单地缩在一角，窗台上的花瓶傻气地张着口。只有床头小桌上的收音机，好像还能扰乱这卧室的安静。

林震坐在藤椅上，赵慧文靠墙站着。林震指着花瓶说："应该插枝花。"又指着墙壁说，"为什么不买几张画挂上？"

赵慧文说："经常也不在，就没有管它。"然后她指着收音机问："听不听？星期六晚上，总有好的音乐。"

收音机响了，一种梦幻般的柔美的旋律从远处飘来，慢慢变得热情激荡。提琴奏出的诗一样的主题，立即揪住了林震的心。他托着腮，屏住了气。

他的青春，他的追求，他的碰壁，似乎都能与这乐曲相通。

赵慧文背着手靠在墙上，不顾衣服蹭上了石灰粉，等这段乐曲过去，她用和音乐一样的声音说："这是柴可夫斯基的《意大利随想曲》，让人想到南国，想到海……我在文工团的时候常听它，慢慢觉得，这调子不是别人演奏出的，而是从我心里钻出来的……"

"在文工团？"

"参加军事干部学校以后被分配去的，在朝鲜，我用我的蹩脚的嗓子给战士唱过歌，我是个哑嗓子的歌手。"

林震像第一次见面似的又重新打量赵慧文。

"怎么？不像了吧？"这时电台改放"剧场实况"了，赵慧文把收音机关了。

"你是文工团的，为什么很少唱歌？"林震问。

她不回答，走到床边，坐下。她说："我们谈谈吧，小林，告诉我，你对咱们区委的印象怎么样？"

"不知道，我是说，还不明确。"

"你对韩常新和刘世吾有点意见吧，是不？"

"也许。"

"当初我也这样，从部队转业到这里，和部队的严格准确比较，许多东西我看不惯。我给他们提了好多意见，和韩常新激动地吵过一回，但是他们笑我幼稚，笑我工作没做好意见倒一大堆，慢慢地我发现，和区委的这些缺点做斗争是我力不胜任的……"

"为什么力不胜任？"林震像刺痛了似的跳起来，他的眉毛拧在一起了。

"这是我的错。"赵慧文抓起一个枕头，放在腿上，"那时我觉得自己水平太低，自己也很不完美，却想纠正那些水平比自己高得多的同志，实在自不量力。而且，刘世吾、韩常新还有别人，他们确实把有些工作做得很好。他们的缺点散布在咱们工作的成绩里边，就像灰尘散布在美好的空气中，你嗅得出来，但抓不住，这正是难办的地方。"

"对！"林震把右拳头打在左手掌上。

赵慧文也有些激动了，她把枕头抛开，话说得更慢，她说："我做的是事务工作，领导同志也不大过问，加上个人生活上的许多牵扯，我沉默了。

于是，上班抄抄写写，下班给孩子洗尿布、买奶粉。我觉得我老得很快，参加军干校时候那种热情和幻想，不知道哪里去了。"她沉默着，一个一个地捏着自己的手指，接着说："两个月以前，北京市进入社会主义高潮，工人、店员还有资本家，放着鞭炮，打着锣鼓到区委会报喜。工人、店员把入党申请书直接送到组织部，大街上一天一变，整个区委会彻夜通明，吃饭的时候，宣传部、财经部的同志滔滔不绝地讲着社会主义高潮中的各种气象。可我们组织部呢？工作改进很少！打电话催催发展数字，按前年的格式添几条新例子写写总结……最近，大家检查保守思想，组织部也检查，拖拖沓沓开了三次会，然后写个材料完事……哎，我说乱了，社会主义高潮中，每一声鞭炮都刺着我，当我复写批准新党员通知的时候，我的手激动得发抖，可是我们的工作就这样依然故我地下去吗？"她喘了一口气，来回踱着，然后接着说："我在党小组会上谈自己的想法，韩常新满足地问：'难道我们发展数字的完成比例不是各区最高的？难道市委组织部没要我们写过经验？'然后他进行分析，说我情绪不够乐观，是因为不安心事务工作……"

"开始的时候，韩常新给人一个了不起的印象，但是，实际一接触……"林震又说起那次写汇报的事。

赵慧文同意地点头："这一两年，虽然我没提什么意见，但我无时无刻不在观察。生活里的一切，有表面也有内容，做到金玉其外，并不是难事。譬如韩常新，充领导他会拉长了声音训人，写汇报他会强拉硬扯生动的例子，分析问题他会用几个无所不包的概念，于是，俨然成了个少壮有为的干部，他漂浮在生活上边，悠然得意。"

"那么刘世吾呢？"林震问，"他绝不像韩常新那样浅薄，但是他的那些独到的见解，精辟的分析，好像包含着一种可怕的冷漠。看到他容忍王清泉这样的厂长，我无法理解，而当我想向他表示什么意见的时候，他的议论却使人越绕越糊涂，可除了跟着他走，似乎没有别的路……"

"刘世吾有一句口头语：就那么回事。他看透了一切，以为一切就那么回事。按他自己的说法，他知道什么是'是'，什么是'非'，还知道'是'

一定战胜'非'，又知道'是'不能一下子战胜'非'。他什么都知道，什么都见过——党的工作给人的经验本来很多。于是他不再操心，不再爱也不再恨。他取笑缺陷，仅仅是取笑；欣赏成绩，仅仅是欣赏。他满有把握地应付一切，再也不需要虔诚地学习什么，除了拼音文字之类的具体知识。一旦他认为条件成熟需要干一气，他就一把把事情抓在手里，教育这个，处理那个，俨然是一切人的上司。凭他的经验和智慧，他当然可以做好一些事，于是他更加自信。"赵慧文毫不容情地说道。这些话曾经在多少个不眠的夜晚萦绕在她的心头。

"我们的区委副书记兼部长呢？他不管么？"

赵慧文更加兴奋了，她说："李宗秦身体不好，他想去做理论研究工作，嫌区委的工作过于具体。他当组织部长只是挂名，把一切事情推给刘世吾。这也是一种相当普遍的不正常的现象，有一批老党员，因为病，因为文化水平低，或者因为是首长爱人，他们挂着厂长、校长和书记的名，却由副厂长、教导主任、秘书或者某个干事做实际工作。"

"我们的正书记——周润祥同志呢？"

"周润祥是一个非常令人尊敬的领导同志，但是他工作太多，忙着肃反、私营企业的改造……各种带有突击性的任务。我们组织部的工作呢，一般说永远成不了带突击性的中心任务，所以他管得也不多。"

"那……怎么办呢？"林震直到现在，才开始明白了事情的复杂性，一个缺点，仿佛粘在从上到下的一系列的缘故上。

"是啊。"赵慧文沉思地用手指弹着自己的腿，好像在弹一架钢琴，然后她向着远处笑了，她说："谢谢你……"

"谢我？"林震以为自己听错了。

"是的，见到你，我好像又年轻了。你天不怕地不怕，敢于和一切坏现象做斗争，于是我有一种婆婆妈妈的预感：你……一场风波要起来了。"

林震脸红了。他根本没想到这些，他正为自己的无能而十分羞耻。他嘟哝着说："但愿是真正的风波而不是瞎胡闹。"然后他问："你想了这么多，分析得这么清楚，为什么只是憋在心里呢？"

"我老觉得没有把握。"赵慧文把手放在自己的胸前，"我看了想，想了又看，我有时候想得一夜都睡不好，我问自己：'你的工作是事务性的，你能理解这些吗？'"

"你怎么会这样想？我觉得你刚才说得对极了！你应该把你刚才说的对区委书记谈，或者写成材料给《人民日报》……"

"瞧，你又来了。"赵慧文露出润湿的牙齿笑了。

"怎么叫又来了？"林震不高兴地站起来，使劲搔着头皮，"我也想过多少次，我觉得，人要在斗争中使自己变正确，而不能等到正确了才去做斗争！"

赵慧文突然推门出去了，把林震一个人留在这空旷的屋子里，他嗅见了肥皂的香气。马上，赵慧文回来了，端着一个长柄的小锅，她跳着进来，像一个梳着三只辫子的小姑娘。她打开锅盖，戏剧性地向林震说：

"来，我们吃荸荠，煮熟了的荸荠！我没有找到别的好吃的。"

"我从小就喜欢吃熟荸荠。"林震愉快地把锅接过来，他挑了一个大的没剥皮就咬了一口，然后他皱着眉吐了出来，"这是个坏的，又酸又臭。"赵慧文大笑了。林震气愤地把捏烂了的酸荸荠扔到地上。

临走的时候，夜已经深了，纯净的天空上布满了畏怯的小星星。有一个老头儿吆喝着"炸丸子开锅"！推车走过。林震站在门外，赵慧文站在门里，她的眼睛在黑暗中闪光，她说："下次来的时候，墙上就有画了。"

林震会心地笑着："而且希望你把丢下的歌儿唱起来！"他摇了一下她的手。

林震用力地呼吸着春夜的清香之气，一股温暖的泉水从心头涌了上来。

八

韩常新最近被任命为组织部副部长。新婚和被提拔，使他愈益精神焕发和朝气勃勃。他每天刮一次脸，在参观了服装展览会以后又做了一套凡尔丁料子的衣服。不过，最近他亲自出马下去检查工作少了，主要是在办公室听汇报、改文件和找人谈话。刘世吾仍然那么忙。

一天，晚饭以后，韩常新把《拖拉机站站长和总农艺师》还给林震，他用手弹一弹那本书，点点头说："很有意思，也很荒唐。当个作家倒不坏，编得天花乱坠。赶明儿我得了风湿性关节炎或者犯错误受了处分，就也写小说去。"

林震接过书，赶快拉开抽屉，把它压在最底下。

刘世吾坐在另一边的沙发上正出神地研究一盘象棋残局，听了韩常新的话，刻薄地说："老韩将来得关节炎或者受处分倒不见得不可能。至于小说，我们可以放心，至少在这个行星上不会看到您的大作。"他说的时候一点不像开玩笑，以致韩常新尴尬地转过头，装没听见。

这时刘世吾又把林震叫过去，坐在他旁边，问："最近看什么书了？有没有好的借我看看？"

林震说没有。

刘世吾挪动着身体，斜躺在沙发上，两手托在脑后，半闭着眼，缓慢地说："最近在《译文》上看了《被开垦的处女地》第二部的片段，人家写得真好，活得很……"

"您常看小说？"林震真不大相信。

"我愿意荣幸地表示，我和你一样爱读书：小说、诗歌，包括童话。解放以前，我最喜欢屠格涅夫。小学五年级，我已经读《贵族之家》，我为伦蒙那个德国老头儿流泪，我也喜欢叶琳娜，英沙罗夫写得却并不好……可他的书有一种清新的、委婉多情的调子。"他忽地站起来，走近林震，扶着沙发背，弯着腰继续说，"现在也爱看，看的时候很入迷，看完了又觉得没什么。你知道，"他紧挨林震坐下，又半闭起眼睛，"当我读一本好小说的时候，我梦想一种单纯的、美妙的、透明的生活。我想去当水手，或者穿上白衣服研究红血球，或者当一个花匠，专门培植十样锦……"他笑了，他从来没这样笑过，不是用机智，而是用心。"可还是得当什么组织部长。"他摊开了手。

　　"为什么您把现在的工作看得和小说那么不一样呢？党的工作不单纯，不美妙，也不透明么？"林震友好而关切地问。

　　刘世吾接连摇头，咳嗽了一会儿又站起来。靠到远一点的地方，嘲笑地说："党的工作者不适合看小说……譬如，"他用手在空中一画，"拿发展党员来说，小说可以写：'在壮丽的事业里，多少名新战士参加了无产阶级的先锋行列，万岁！'而我们呢，组织部呢，却正在发愁：第一，某支部组织委员工作马大哈，谈不清新党员的历史情况。第二，组织部压了百十个等着批准的新党员，没时间审查。第三，新党员须经常委会批准，而常委会委员一听开会批准党员就请假。第四，公安局长参加常委会批准党员的时候老是打瞌睡……"

"您不对！"林震大声说，他像本人受了侮辱一样难以忍耐，"您看不见壮丽的事业，只看见某某在打瞌睡……难道您也打瞌睡了？"

刘世吾笑了笑，叫韩常新："来，看看报上登的这个象棋残局，该先挪车呢还是先跳马？"

九

魏鹤鸣告诉林震，他要求回到车间当工人，他说："这个支部委员和生产科长我干不了。"林震费尽唇舌，劝他把那次座谈会搜集的意见写给党报，并且质问他："你退缩了，你不信任党和国家了，是吗？"后来魏鹤鸣和几个意见较多的工人写了一封长信，偷偷地寄给报纸，连魏鹤鸣本人都对自己有些怀疑："也许这又是'小集团活动'？那就处罚我吧！"他是带着有罪的心情把大信封扔进邮箱的。

五月中旬，《北京日报》以显明的标题登出揭发王清泉官僚主义作风的群众来信。署名"麻袋厂一群工人"的信，愤怒地要求领导上处理这一问题。《北京日报》编者也在按语中指出："……有关领导部门应迅速做认真的检查……"

赵慧文首先发现了，她叫林震来看。林震兴奋得手发抖，看了半天连不成句子，他想："好！终于揭出来了！还是党报有力量！"

他把报纸拿给刘世吾看，刘世吾仔细地看了几遍，然后抖一抖报纸，客观地说："好，开刀了！"

这时，区委书记周润祥走进来，他问："王清泉的情况你们了解不？"

刘世吾不慌不忙地说："麻袋厂支部的一些不健康的情况那是确实存在的。过去，我们就了解过，最近我亲自找王清泉谈过话，同时小林同志也去了解过。"他转身向林震，"小林，你谈谈王清泉的情况吧。"

有人敲门，魏鹤鸣紧张地撞进来，他的脸由红色变成了青色，他说，王厂长在看到《北京日报》以后非常生气，现在正追查写信的人。

经过党报的揭发与区委书记的过问，刘世吾以出乎林震意料之外的雷厉风行的精神处理了麻袋厂的问题。刘世吾一下决心，就可以把工作做得很出色。他把其他工作交代给别人，连日与林震一起下到麻袋厂去。他深入车间，详细调查了王清泉工作的一切情况，征询工人群众的一切意见。然后，与各有关部门进行了联系，只用了一个多星期的时间，就对王清泉做了处理——党内和行政都予以撤职处分。

处理王清泉的大会一直开到深夜。开完会，外面下起雨，雨忽大忽小，久久地不停息，风吹到人脸上有些凉。刘世吾与林震到附近的一个小铺子去吃馄饨。

这是新近公私合营的小铺子，整理得干净而且舒适。由于下雨，顾客不多。他们避开热气腾腾的馄饨锅，在墙角的小桌旁坐下来。

他们要了馄饨，刘世吾还要了白酒，他呷了一口酒，掐着手指，有些感触地说："我这是第六次参加处理犯错误的负责干部的问题了，头几次，我的心情很沉重。"由于在大会上激昂地讲过话，他的嗓音有些嘶哑，"党的工作者是医生，他要给人治病，他自己却是并不轻松的。"他用无名指轻轻敲着桌子。

林震同意地点头。

刘世吾忽然问："今天是几号？"

"五月二十。"林震告诉他。

"五月二十，对了。九年前的今天，'青年军'二〇八师打坏了我的腿。"

"打坏了腿？"林震对刘世吾的过去历史还不了解。

刘世吾不说话，雨一阵大起来，他听着那哗啦哗啦的单调的响声，嗅着潮湿的土气。一个被雨淋透的小孩子跑进来避雨，小孩的头发在往下滴水。

刘世吾招呼店员："切一盘肘子。"然后告诉林震，"一九四七年，我在北大当自治会主席。参加五二〇游行的时候，二〇八师的流氓打坏了我的腿。"他挽起裤子，可以看到一道弧形的疤痕，然后他站起来，"看，我的左腿是不是比右腿短一点？"

林震第一次以深深的尊敬和爱戴的眼光看着他。

喝了几口酒，刘世吾的脸微微发红，他坐下，把肉片夹给林震，然后歪着头说："那个时候……我是多么热情，多么年轻啊！我真恨不得……"

"现在就不年轻，不热情了么？"林震用期待的眼光看着。

"当然不。"刘世吾玩着空酒杯，"可是我真忙啊！忙得什么都习惯了，疲倦了。解放以来从来没睡够过八小时觉，我处理这个人和那个人，却没有时间处理处理自己。"他托起腮，用最质朴的人对人的态度看着林震，"是啊，一个布尔什维克，经验要丰富，但是心还要单纯……再来一两！"刘世吾举起酒杯，向店员招手。

这时林震已经开始被他深刻和真诚的抒发所感动了。刘世吾接着闷闷地说："据说，炊事员的职业病是缺少良好的食欲，饭菜是他们做的，他们整天和饭菜打交道。我们，党的工作者，我们创造了新生活，结果，生活反倒不能激动我们……"

林震的嘴动了动，刘世吾摆摆手，表示希望不要现在就和他辩论。他不说话，独自托着腮发愣。

"雨小多了，这场雨对麦子不错。"过了半天，刘世吾叹了口气，忽然又说，"你这个干部好，比韩常新强。"

林震在慌乱中赶紧喝汤。

刘世吾盯着他，亲切地笑着，问他："赵慧文最近怎么样？"

"她情绪挺好。"林震随口说。他拿起筷子去夹熟肉，看见了他熟悉的刘世吾的闪烁的目光。

刘世吾把椅子拉近他，缓缓地说："原谅我的直爽，但是我有责任告诉你……"

"什么？"林震停止了夹肉。

"据我看，赵慧文对你的感情有些不……"

林震颤抖着手放下了筷子。

离开馄饨铺，雨已经停了，星光从黑云下面迅速地露出来，风更凉了，积水潺潺地从马路两边的泄水池流下去。林震迷惘地跑回宿舍，好像喝了酒的不是刘世吾，倒是他。同宿舍的同志都睡得很甜，粗短的和细长的鼾声此起彼伏。林震坐在床上，摸着湿了的裤脚，眼前浮现了赵慧文的苍白而美丽的脸……他还是个毛头小伙子，他什么也没经历过，什么都不懂。他走近窗子，把脸紧贴在外面沾满了水珠的冰冷的玻璃上。

十

区委常委开会讨论麻袋厂的问题。

林震列席参加。他坐在一角，心跳、紧张，手心里出了汗。他的衣袋里装着好几千字的发言提纲，准备在常委会上从麻袋厂事件扯出组织部工作中的问题。他觉得麻袋厂问题的揭发和解决，造成了最好的机会，可以促请领导从根本上考虑一下组织部的工作。时候到了！刘世吾正在条理分明地汇报情况。书记周润祥显出沉思的神色，用左拳托着士兵式的粗壮而宽大的脸，右腕子压着一张纸，时而在上面写几个字。李宗秦用食指在空中写画着。韩常新也参加了会，他专心地把自己的鞋带解开又系上。

林震几次想说话，但是心跳得使他喘不上气。

第一次参加常委会，就做这种大胆的发言，未免过于莽撞吧？不怕，不怕！他鼓励自己。他想起八岁那年在青岛学跳水，他也一边听着心跳，一边生气地对自己说："不怕，不怕！"

区委常委批准了刘世吾对于麻袋厂问题提出的处理意见，马上就要进行下面一项议程了，林震霍地举起了手。

"有意见吗？不举手就可以发言的。"周书记笑着说。

林震站起来，碰响了椅子，掏出笔记本看着提纲，他不敢看大家。

他说："王清泉个人是做了处理了，但是如何保证不再有第二、第三个王清泉出现呢？我们应该检查一下区委组织工作中的缺点：第一，我们只抓了建党，对于巩固党没给予应有的注意，使基层的党内斗争处于自流状态。第二，我们明知有问题却拖延着不去解决，王清泉来厂子整整五年，问题一直存在而且愈发展愈严重……具体地说，我认为韩常新同志与刘世吾同志有责任……"

会场起了轻微的骚动，有人咳嗽，有人放下了烟卷，有人打开笔记本，有人挪了一下椅子。

韩常新耸了一下肩，用舌头舔了一下扭动着的牙床，讽刺地说："往往听到一种事后诸葛亮的意见：'为什么不早一点处理呢？'当然是愈早愈好啰！高、饶事件①发生了，有人问为什么不早一点，贝利亚②，也有人问为什么不早一点。再者，组织部并不能保证第二、第三个王清泉不会出现，林震同志也未尝能保证这一点……"

林震抬起头，用激怒的目光看着韩常新。韩常新却只是冷冷地笑。林震压抑着自己说："老韩同志知道缺点的存在是规律，但他不知道克服缺点前进更是规律。老韩同志和刘部长，就是抱住了头一个规律，因而对各种严重的缺点采取了容忍乃至于麻木的态度！"说完，他用手抹了抹头上的汗，他也不知道自己怎么敢说得这样尖锐，但是终究说出来了，他有一种如释重负的感觉。

李宗秦在空中画着的食指停住了。周润祥转头

---

① 高、饶事件：指 20 世纪 50 年代高岗、饶漱石反党分裂活动的重大事件。

② 贝利亚：苏联党和国家主要领导人之一，20 世纪 50 年代初，贝利亚被苏共中央开除并枪决。

看看林震又看看大家，他的沉重的身躯使木椅发出了吱吱声。他向刘世吾示意："你的意见？"

刘世吾点点头："小林同志的意见是对的，他的精神也给了我一些启发……"然后他悠闲地溜到桌子边去倒茶水，用手抚摸着茶碗沉思地说，"不过具体到麻袋厂事件，倒难说了。组织部门巩固党的工作抓得不够，是的，我们干部太少，建党还抓不过来。麻袋厂王清泉的处理，应该说还是及时而有效的。在宣布处理的工人大会上，工人的情绪空前高涨，有些落后的工人也表示更认识到了党的大公无私，有一个老工人在台上一边讲话一边落泪，他们口口声声说着感谢党，感谢区委……"

林震小声说："是的，正因为这样，我才觉得我们工作中的麻木、拖延、不负责任，是对群众犯罪。"他提高了声音，"党是人民的、阶级的心脏，我们不能容忍心脏上有灰尘，就不能容忍党的机关的缺点！"

李宗秦把两手交叉起来放在膝头，他缓缓地说，像是一边说一边思索着如何造句："我认为林震、韩常新、刘世吾同志的主要争论有两个症结，一个是规律性与能动性的问题……一个是……"

林震以不知从哪儿来的勇气对李宗秦说:"我希望不要只做冷静而全面的分析……"他没有说下去,他怕自己掉下眼泪来。

周润祥看一看林震,又看一看李宗秦,皱起了眉头,沉默了一会儿,迅速地写了几个字,然后对大家说:"讨论下一项议程吧。"

散会后,林震气恼得没有吃下饭,区委书记的态度他没想到。他不满甚至有点失望。韩常新与刘世吾找他一起出去散步,就像根本没理会他对他们的不满意,这使林震更意识到自己和他们力量的悬殊。他苦笑着想:"你还以为常委会上发一席言就可以起好大的作用呢!"他打开抽屉,拿起那本被韩常新嘲笑过的苏联小说,翻开第一页,上面写着:"按娜斯嘉的方式生活!"他自言自语:"真难啊!"

他缺少了什么呢?

十一

第二天下班以后,赵慧文告诉林震:"到我家吃饭去吧，我自己包饺子。"他想推辞，赵慧文已经走了。

林震犹豫了好久，终于在食堂吃了饭再到赵慧文家去。赵慧文的饺子刚刚煮熟。她穿着暗红色的旗袍，系着围裙，手上沾满面粉，像一个殷勤的主妇似的对林震说："新下来的豆角做的馅子……"

林震嗫嚅地说："我吃过了。"

赵慧文不信，跑出去给他拿来了筷子，林震再三表示确实吃过，赵慧文不满意地一个人吃起来。林震不安地坐在一旁，一会儿看看这，一会儿看看那，一会儿搓搓手，一会儿晃一晃身体。

"小林，有什么事么？"赵慧文停止了吃饺子。

"没……有。"

"告诉我吧。"赵慧文目不转睛地看着他。

"昨天在常委会上我把意见都提了，区委书记睬都不睬……"

赵慧文咬着筷子头想了想，她坚决地说："不会的，周润祥同志只是不轻易发表意见……"

"也许。"林震半信半疑地说，他低下头，不敢正面接触赵慧文关切的目光。

赵慧文吃了几个饺子，又问："还有呢？"

林震的心跳起来了。他抬起头，看见了赵慧文的好意的眼睛，他轻轻地叫："赵慧文同志……"

赵慧文放下筷子，靠在椅子背上，有些吃惊了。

"我很想知道，你是否幸福。"林震用一种粗重的，完全像大人一样的声音说，"我看见过你的眼泪，在刘世吾的办公室，那时候春天刚来……后来忘记了。我自己马马虎虎地过日子，也不会关心人。你幸福吗？"

赵慧文略略疑惑地看着他，摇头，"有时候我也忘记……"然后点头，"会的，会幸福的。你为什么问它呢？"她安详地笑着。

林震把刘世吾对他讲的告诉了她："……请原谅我，把刘世吾同志随便讲的一些话告诉了你，那完全是瞎说……我很愿意和你一起说话或者听交响乐，你好极了，那是自然而然的……也许这里边有什么不好的、不合适的东西，马马虎虎的我忽然多虑了，我恐怕我扰乱谁。"林震抱歉地结束了。

赵慧文安详地笑着，接着皱起了眉尖儿，又抬起了细瘦的胳臂，用力擦了一下前额，然后她甩了一下头，好像甩掉什么不愉快的心事似的转过身去了。

她慢慢地走到墙壁上新挂的油画前边，默默地看画。那幅画的题目是《春》：莫斯科，太阳在春天初次出现，母亲和孩子一起到街头去……

一会儿，她又转过身来，迅速地坐在床上，一只手扶着床栏杆，异常平静地说："你说了些什么呀？真的！我不会做那些不经过考虑的事。我有丈夫，有孩子，我还没和你谈过我的丈夫。"她不用常说的"爱人"，而强调地说着"丈夫"。"我们在五二年结的婚，我才十九，真不该结婚那么早。他从部队里转业，在中央一个部里当科长，他慢慢地染上了一种油条劲儿，争地位、争待遇，和别人不团结。我们之间呢，好像也只剩下了星期六晚上回来和星期一走。我的看法是：或者是崇高的爱情，或者什么都没有。我们争吵了……但是我仍然等待着……他最近出差去上海，等回来，我要和他好好谈一谈。可你说了些什么呢？"她又一次问，"小林，你是我所尊敬的顶好的朋友，但你还是个孩子——这个称呼也许不对，对不起。我们都希望过一种真正的生活，我们希望组织部成为真正的党的工作机构，我觉着你像是我的弟弟，你盼望我振作起来，是吧？生活是应该有互相支援和友谊的温暖，我从来就害怕冷淡。就是这些了，还有什么呢？还能有什么呢？"

林震惶恐地说："我不该受刘世吾话的影响……"

"不。"赵慧文摇头，"刘世吾同志是聪明人，他的警告也许并不是完全没有必要，然后……"她深深地吐一口气，"那就好了。"

她收拾起碗筷，出去了。

林震茫然地站起，来回踱着步子，他想着、想着，好像有许多话要说，慢慢地，又没有了。他要说什么呢？本来什么都没有发生。生活有时候带来某种情绪的波流，使人激动也使人困扰，然后波流流过去，没有一点痕迹……真的没有痕迹吗？它留下对于相逢者的纯洁和美好的记忆，虽然淡淡，却难忘……

赵慧文又进来了，她领着两岁的儿子，还提着一个书包。小孩已经与林震见过几次面，亲热地叫林震"夫夫"——他说不清楚"叔叔"。

林震用强健的手臂把他举了起来。空旷的屋子里顿时充满了孩子的笑闹声。

赵慧文打开书包，拿出一沓纸，翻着，说："今天晚上，我要让你看几样东西。我已经把三年来看到的组织部工作中的一些问题和自己的意见写了一个草稿。这个……"她不好意思地摸了一下一张橡皮纸①，"大概这是可笑的，我给自己规定了一个竞赛的办法，让今天的自己和昨天的自己竞赛。我画了表，如果我的工作有了失误——写入党批准通知的时候抄错了名字或者统计错了新党员人数，我就在表上画一个黑叉子，如果一天没有错，就画一个小红旗。连续一个月都是红旗，我就买一条漂亮的头巾或者别的什么奖励自己……也许，这像幼儿园的做法吧？你觉得好笑吗？"

林震入神地听着，他严肃地说："不。我尊敬你对自己的……"

临走的时候，夜已经深了。林震站在门外，赵慧文站在门里，她的眼睛在黑暗中闪着光，她说：

————————
① 橡皮纸：一种较厚的白纸，通常用来画画。

"今天的夜色非常好，你同意吗？你闻见槐花的香气了没有？平凡的小白花，它比牡丹清雅，比桃李浓馥。你闻不见？真是！再见，明天一早就见面了，我们各自投身在伟大而麻烦的工作里边。然后晚上来找我吧，我们听美丽的《意大利随想曲》。听完歌，我给你煮荸荠，然后我们把荸荠皮扔得满地都是……"

林震靠着组织部门前的大柱子好久好久地呆立着，望着夜的天空。初夏的南风吹拂着他——他来时是残冬，现在已经是初夏了。他在区委会度过了第一个春天。

他做好的事情简直很少，简直就是没有，但他学了很多，多懂了不少事。他懂了生活的真正的美好和真正的分量，他懂了斗争的困难和斗争的价值。他渐渐明白，在这平凡而又伟大的、包罗万象的、担负着无数艰巨任务的区委会，单凭个人的勇气是做不成任何事情的……从明天……

办公室的小刘走过，叫他："林震，你上哪儿去了？快去找周润祥同志，他刚才找了你三次。"

区委书记找林震了吗？那么不是从明天，而是从现在，他要尽一切力量去争取领导的指引，这正是目前最重要的……

隔着窗子，他看见绿色的台灯和夜间办公的区委书记的高大侧影，他坚决地、迫不及待地敲响了领导同志办公室的门。

1956 年 5 月—7 月

《组织部来了个年轻人》琐谈[①]

差不多二十三年前的一篇习作《组织部来了个年轻人》（发表时改题为《组织部新来的青年人》，收入一九五六年《短篇小说选》时恢复了原稿的题目，在即将出版的《建国以来的短篇小说选》中，用的是后一题目），最近被宣布"落实政策"了。这里，我暂不想谈小说的短长、作者的感想，只想说几个曾被误解的情况。

影 射

在一九五七年初，有一篇批评文章写道："作品的影射，还不止于此……"当时，有的朋友读后

---

① 此文写于 1979 年，《组织部来了个年轻人》发表于 1956 年。

对影射二字颇表愤慨。但我一点也没愤慨，原因是——说来惭愧，我当时还不懂得什么叫影射，嗅不出这两个字后面的血腥气味。我的小说就是写了缺陷、阴暗面，而且是写的一级党委的组织部门，大胆直书，百无禁忌，影射于我，何用之有？按，影射的目的无非是遮掩，影射的规律则是借古讽今，以远喻近，说自然现象而实指政治生活，却不会相反。"四人帮"诬画三虎是为林彪翻案，瘦骆驼是攻击国民经济；却不会反过来指责哪一篇谈林彪的文章是有意与北京动物园的小老虎过不去。那么，五十年代的中共××区委员会又能是影射什么呢？难道是影射唐宁官府？语近梦呓了。作者自幼受到党的教育，视党为亲娘，孩子在亲娘面前容易放肆，也不妨给以教训，但孩子不会动心眼来影射母亲。

说实话，当时不足二十二岁的作者要真知道影射和陷人影射之类的把戏，提高点警惕，倒说不定会好一些：含蓄一些，周密一些，分寸感强一些，辫子和空子少留一些。例如，全篇除一处提到《北京日报》以外再无一处提到过故事发生在北京，而仅仅为了北京有没有官僚主义就引起了那么多指责，以至惊动了毛泽东同志他老人家讲话，才得以平息（暂时平息了）。如果作者成熟一点，本来完全不必提北京，从而可以少找许多麻烦的。

不知道解放以后陷人影射之说是否从那篇文章开始的，反正影射这个概念既超出了文艺批评的范畴，也突破了法学的范畴，陷人影射不需要证据和逻辑，即使自我辩护未曾影射也无法剖胸献心。桃峰就是桃园，三虎就是林彪，做这种判断的人连讽刺喜剧《枫叶红了的时候》里的陆峥嵘都不如，陆峥嵘总还手提着一个（哪怕是假的）"忠诚探测器"，还要探测一下的嘛。

比　喻

小说中的人物赵慧文有一处提到洋槐花，说这花"比桃李浓馥，比牡丹清雅"。一位前辈分析说，作品用牡丹比喻党政领导干部，用桃李比喻芸芸众生，而赵慧文自诩清高，自我比喻为小白花。

看了这个分析我深深为这位前辈的思想的深邃

与敏锐、想象力的丰富与奇妙而赞叹。而且，我觉得这种分析并非凭空得来。确实，小说中的林震、赵慧文就是有某种清高思想，他们确实该在群众斗争中经风雨、见世面、改造世界观，逐步与工农群众相结合。但我也惭愧，因为我写花时只不过信手拈来，写那时的季节，写赵慧文的女性的细心，写感情的波流，总之，我写的是花，没有将花比君子，没有微言大义。形象思维有自己的规律，形象思维不是图解，如果认为描写花鸟虫鱼、风霜雨露、山水沟坎都在比喻什么，请试试看，写出来会是什么虚伪造作的货色！读者和批评家可能从作品的形象中得到某种启示、联想和引申，然而，这只能是读者和批评家在"兴"，却不是作者在"比"。顺便说一句，比兴经常连用，但比兴是颇为有别的。视兴为比，难免胶柱鼓瑟。

与此类似，有人说刘世吾的谐音是刘事务，可见作者视刘世吾为事务主义者。这对于作者也无异于说梦。作者当时根本不懂用谐音来帮助自己的人物亮相，如先进人物姓洪、坏蛋姓刁之类。这篇小说里人物的名字是这样起的：作者有一批老战友，作者取他们的名字，改换了姓氏，乱点鸳鸯谱，便成了小说人物的姓名。作者在这里和他的老友们开了一个小小的玩笑——就那么回事。

还有人问，雨夜吃馄饨一节写到一个小女孩进饭铺避雨，听意大利随想曲一节写到音乐节目后是剧场实况，这是废笔吗？败笔吗？别有奥妙吗？答：都不是。写避雨才有雨意，写广播剧场实况才有周末感。作者是写生活，生活的画面和音响就是如此。

查　究

小说一发表，引起了许多好同志的不安。他写的是谁？他对哪个领导不满？他写的是哪个区委组织部？他要干什么？谁向他透露了组织部的情况？难道××同志或××区委是这样的吗？舆论如此之强烈，直接影响了作者与他的一些老同志、老上级、老战友的关系。

甚至一位对小说备加赞扬的读者也著文断言，林震显然是作者的化身。

还有一位同志自称是林震的模特儿，并因而遭受了批判。

嗚呼！

小说来自生活，它有生活的影子，有生活的气息，但它不是生活的复制。面包来自小麦，小麦来自泥土，但三者互有质的差别。当人们为一块面包是否烤得好而忧虑、而争执的时候，大可不必组织土壤学家去考察麦地。而写小说的人只要不是一个卑劣的恶棍，总不会利用小说攻击某个人、某个单位。同时我们也可以相信，企图挟嫌泄愤的恶棍一般不会写出什么像样的小说来吧！文艺创作和刀笔诉讼，毕竟是隔行，所以如隔山。

如果你感到小说中的某人某事像生活中的某人某事，这也只是像其一点而已。我们可以从作品中得到共鸣、得到启示，也可以对小说有所不满足、有所批评或者反对，但不要按照新闻报道来要求小说吧，要相信小说是虚构，虚构就不是真人真事。否则，这不但会给作者带来意想不到的灾难，也影响百花的盛开。造成余悸的不仅有坏人的棍子，也还有好同志的误解。

1979 年 1 月 3 日

附注：

作者手边既无小说也无当年的评论文字，这篇小文纯系按记忆所写，错讹难免，望读者指正。

图书在版编目（CIP）数据

从前的初恋／王蒙著. --北京：作家出版社，2022.11

ISBN 978-7-5212-1934-0

I.① 从… II.① 王…　III.① 中篇小说-小说集-中
国-当代　IV.①I247.5

中国版本图书馆CIP数据核字（2022）第106071号

从前的初恋

作　　者：王　蒙
特约编辑：陈晓帆
责任编辑：袁艺方
装帧设计：潘振宇
出版发行：作家出版社有限公司
社　　址：北京农展馆南里10号　　　邮　　编：100125
电话传真：86-10-65067186（发行中心及邮购部）
　　　　　86-10-65004079（总编室）
E - mail: zuojia@zuojia. net. cn
http: //www.zuojiachubanshe.com
印　　刷：三河市紫恒印装有限公司
成品尺寸：142×210
字　　数：78千
印　　张：5.5
版　　次：2022年11月第1版
印　　次：2022年11月第1次印刷
ISBN 978-7-5212-1934-0
定　　价：58.00元